流暢日本GO 初級 I

劉月菊 編著

附MP3 CD

鴻儒堂出版社發行

前　言

在現今的台灣社會裡，人人都會感受到一股全球化趨勢的浪潮。由於台灣早已與國際社會有密切的接軌，所以在民間學習日語儼然早已成為一種老少咸宜的全民運動。學習日語的人口不但逐年遞增，參加日語能力考試的人也隨之增多。再加上年年來台參訪的日本人與日俱增及大量的日本電視劇、綜藝節目、歌曲…等在台強力播送，深深的影響了五、六、七、八年級生的生活與價值觀。在這樣的多元文化的交流下，使國人在日常生活中幾乎無時無刻都有機會接觸到日語。逛大街、走小巷我們也看到店家招牌上，經常出現流行日語的相關字。在這樣的文化趨勢的浪潮上，許多人也開始從日本大量引進許多的日語教材，供應許多日語學習者使用，但是其教案內容卻未必適合在台灣的日語學習者所使用。

日語學習者如果能前往日本當地學習日語是最好的。因為在當地的環境中，一整天下來無時無刻都能聽到當地人的生活對話，生活中也必須得強迫自己去接觸當地的人、事、物，這樣的生活自然而然就把日語與生活做了絕佳的結合。不過，並不是每個人都會有出國留學的機會。因此，作者想要為台灣的日語學習者編製適合學習的教材。如同現今，韓國的明星及偶像團體都會以日本為活動的據點，究竟他們是如何掌握日語的呢？當然是在韓國努力學習，然後學成之後就開始進出日本。

你覺得這樣的模式如何呢？同樣的事情，身在台灣的我們也可以做得到吧！即使是在台灣生活，我們想要完全的掌握日語會話也並不困難，並不需要特地親自到日本生活。更何況，隨著現今網際網路的發達，在台灣也能隨時隨地獲得日本的一手資訊。

所以，本書是為了在台灣學習日語基礎的人所編製的。也許你會覺得在文法的基礎學習上並不是有很有趣，但是，基礎不好好的紮根就無法學好日語。台灣自2010年起，「日本語能力試驗」的考試形態已有許多改變，針對想報考的學習

者而言，本書可說是最佳的入門教材，希望本書對每位學習日語的人能有所助益。

最後，對於本書在編製過程中提出了諸多良好的建議，並不遺餘力出版本書的鴻儒堂社長黃成業先生，以及小濱義德先生‧阿野一章先生的指導與校閱，作者在此也要致上最深的謝意。

本書自出版以來，承蒙各界機關學校採用作為課程教材，至今已發行第三刷，相當感謝各位讀者的支持與肯定。若有疏漏及不周詳之處，敬請不吝指正。

2016年　作者劉月菊　謹識

目　錄

日語音韻表・ひらがなとカタカナ　……………………………………　7

筆順　……………………………………………………………………　9

第1課　わたしは　黄です　………………………………………………　17

第2課　これは　日本語の　CDです　…………………………………　23

第3課　帽子売り場は　どこですか　……………………………………　30

第4課　肉は　野菜の　右に　あります　………………………………　38

第5課　日曜日　アルバイトします　……………………………………　46

第6課　ノートを　2冊　ください　……………………………………　54

第7課　わたしは　春休みに　田舎へ　帰りました　…………………　62

第8課　いっしょに　花見を　しませんか　……………………………　70

第9課　わたしは　母に　プレゼントを　あげました　………………　77

第10課　わたしの　うちは　近いです　…………………………………　85

課文中譯　………………………………………………………………　93

文法説明　………………………………………………………………　103

練習解答　………………………………………………………………　121

附録　……………………………………………………………………　151

作者簡介　………………………………………………………………　158

略語說明

〔名〕	名詞
〔代〕	代名詞
〔自五〕	自動詞五段活用
〔自上一〕	自動詞上一段活用
〔自下一〕	自動詞下一段活用
〔自力〕	自動詞力行変格活用
〔自サ〕	自動詞サ行変格活用
〔他五〕	他動詞五段活用
〔他上一〕	他動詞上一段活用
〔他下一〕	他動詞下一段活用
〔他サ〕	他動詞サ行変格活用
〔形〕	形容詞（イ形容詞）
〔形動〕	形容動詞（ナ形容詞）
〔副〕	副詞
〔連体〕	連体詞
〔接〕	接続詞
〔感〕	感動詞
〔助動〕	助動詞
〔副助〕	副助詞
〔格助〕	格助詞
〔接尾〕	接尾語
〔連〕	連語
〔慣〕	慣用表現

日語音韻表
ひらがなとカタカナ

清音・鼻音 CD 00-01

	あ段	い段	う段	え段	お段	ア段	イ段	ウ段	エ段	オ段
あ行	あ a	い i	う u	え e	お o	ア a	イ i	ウ u	エ e	オ o
か行	か ka	き ki	く ku	け ke	こ ko	カ ka	キ ki	ク ku	ケ ke	コ ko
さ行	さ sa	し shi	す su	せ se	そ so	サ sa	シ shi	ス su	セ se	ソ so
た行	た ta	ち chi	つ tsu	て te	と to	タ ta	チ chi	ツ tsu	テ te	ト to
な行	な na	に ni	ぬ nu	ね ne	の no	ナ na	ニ ni	ヌ nu	ネ ne	ノ no
は行	は ha	ひ hi	ふ fu	へ he	ほ ho	ハ ha	ヒ hi	フ fu	ヘ he	ホ ho
ま行	ま ma	み mi	む mu	め me	も mo	マ ma	ミ mi	ム mu	メ me	モ mo
や行	や ya	(い) (i)	ゆ yu	(え) (e)	よ yo	ヤ ya	(イ) (i)	ユ yu	(エ) (e)	ヨ yo
ら行	ら ra	り ri	る ru	れ re	ろ ro	ラ ra	リ ri	ル ru	レ re	ロ ro
わ行	わ wa	(い) (i)	(う) (u)	(え) (e)	を o	ワ wa	(イ) (i)	(ウ) (u)	(エ) (e)	(ヲ) (o)
	ん n					ン n				

濁音と半濁音 CD 00-02

が ga	ぎ gi	ぐ gu	げ ge	ご go	ガ ga	ギ gi	グ gu	ゲ ge	ゴ go
ざ za	じ ji	ず zu	ぜ ze	ぞ zo	ザ za	ジ ji	ズ zu	ゼ ze	ゾ zo
だ da	ぢ ji	づ zu	で de	ど do	ダ da	ヂ ji	ヅ zu	デ de	ド do
ば ba	び bi	ぶ bu	べ be	ぼ bo	バ ba	ビ bi	ブ bu	ベ be	ボ bo
ぱ pa	ぴ pi	ぷ pu	ぺ pe	ぽ po	パ pa	ピ pi	プ pu	ペ pe	ポ po

拗音 CD 00-03

きゃ kya	きゅ kyu	きょ kyo	キャ kya	キュ kyu	キョ kyo
しゃ sha	しゅ shu	しょ sho	シャ sha	シュ shu	ショ sho
ちゃ cha	ちゅ chu	ちょ cho	チャ cha	チュ chu	チョ cho
にゃ nya	にゅ nyu	にょ nyo	ニャ nya	ニュ nyu	ニョ nyo
ひゃ hya	ひゅ hyu	ひょ hyo	ヒャ hya	ヒュ hyu	ヒョ hyo
みゃ mya	みゅ myu	みょ myo	ミャ mya	ミュ myu	ミョ myo
りゃ rya	りゅ ryu	りょ ryo	リャ rya	リュ ryu	リョ ryo
ぎゃ gya	ぎゅ gyu	ぎょ gyo	ギャ gya	ギュ gyu	ギョ gyo
じゃ ja	じゅ ju	じょ jo	ジャ ja	ジュ ju	ジョ jo
びゃ bya	びゅ byu	びょ byo	ビャ bya	ビュ byu	ビョ byo
ぴゃ pya	ぴゅ pyu	ぴょ pyo	ピャ pya	ピュ pyu	ピョ pyo

筆順
ひらがな

は	ひ	ふ	へ	ほ
は	ひ	ふ	へ	ほ
ま	み	む	め	も
ま	み	む	め	も
や		ゆ		よ
や		ゆ		よ
ら	り	る	れ	ろ
ら	り	る	れ	ろ
わ				を
わ				を
ん				
ん				

筆順
カタカナ

ハ	ヒ	フ	ヘ	ホ
ハ	ヒ	フ	ヘ	ホ
マ	ミ	ム	メ	モ
マ	ミ	ム	メ	モ
ヤ		ユ		ヨ
ヤ		ユ		ヨ
ラ	リ	ル	レ	ロ
ラ	リ	ル	レ	ロ
ワ				ヲ
ワ				ヲ
ン				
ン				

片假名特殊發音 CD 00-04

日語片假名多半用來拼讀外來語，而為了要正確地讀出外國的發音，因此採取外來語特有的發音方式，即是將「ア」、「イ」、「エ」、「オ」等小寫，並與其他假名拼讀，例如：「ウェ」、「ティ」、「ファ」、「フィ」等。

ウェ we	ウォ wo	シェ she	ジェ je	チェ che
ティ thi	ディ dhi	ファ fa	フィ fi	フォ fo

長音・促音・重音
長音 CD 00-05

在日語的拼音規則當中，若遇到以下的情形，原一拍會拉長為兩拍音節，其規則如下。

あ段（あかさたなはまやらわ）＋「あ」　　例：おかあさん〈母親〉
い段（いきしちにひみり）＋「い」　　例：おにいさん〈哥哥〉
う段（うくすつぬふむゆる）＋「う」　　例：ふうふ〈夫婦〉
え段（えけせてねへめれ）＋「え」　　例：おねえさん〈姊姊〉
お段（おこそとのほもよろ）＋「お」　　例：こおり〈冰〉
え段（えけせてねへめれ）＋「い」　　例：せんせい〈老師〉
お段（おこそとのほもよろ）＋「う」　　例：こうえん〈公園〉
（注意）片假名的長音，橫寫時以「ー」表示。　　例：スーパー〈超市〉

《發音練習》 CD 00-06

たいよう	taiyō（太陽）	〈太陽〉	ノート	nōto (note)	〈筆記本〉
おいしい	oishii	〈好吃的〉	チーズ	chiizu (cheese)	〈起士〉
いもうと	imōto（妹）	〈妹妹〉	スポーツ	supōtsu (sports)	〈運動〉
がくせい	gakusei（学生）	〈學生〉	セーター	sētā (sweater)	〈毛衣〉
くうこう	kūkō（空港）	〈機場〉	クーラー	kūrā (cooler)	〈冷氣〉

おばさん	obasan	〈伯母〉	：	おばあさん	obāsan	〈祖母〉
おじさん	ojisan	〈伯父〉	：	おじいさん	ojiisan	〈祖父〉
ゆき	yuki（雪）	〈雪〉	：	ゆうき	yūki（勇気）	〈勇氣〉
めし	meshi（飯）	〈飯〉	：	めいし	meishi（名刺）	〈名片〉
かど	kado（角）	〈轉角處〉	：	カード	kādo（card）	〈卡片〉
ちず	chizu（地図）	〈地圖〉	：	チーズ	chiizu（cheese）	〈起士〉
ビル	biru（building）	〈大樓〉	：	ビール	biiru（bier）	〈啤酒〉

促音 CD 00-08

　　促音是指發音時，用發音器官的某部份堵住氣流，形成一個很短促的停頓。其本身就佔一個音拍。

（注意）書寫促音時「っ」「ッ」須小寫。

例：にっき nikki（日記）〈日記〉、コップ koppu〈玻璃杯〉

《發音練習》 CD 00-09

きって	kitte（切手）	〈郵票〉	トラック	torakku（truck）	〈卡車〉
ざっし	zasshi（雑誌）	〈雜誌〉	ベッド	beddo（bed）	〈床〉
がっこう	gakkō（学校）	〈學校〉	バット	batto（bat）	〈球棒〉

《比較練習》 CD 00-10

おと	oto（音）	〈聲音〉	：	おっと	otto（夫）	〈丈夫〉
にし	nishi（西）	〈西；西方〉	：	にっし	nisshi（日誌）	〈日誌；日記〉
スパイ	supai（spy）	〈間諜〉	：	すっぱい	suppai（酸っぱい）	〈酸的〉
バター	batā（butter）	〈奶油〉	：	バッター	battā（batter）	〈打擊手〉

重音（アクセント）

　　重音（アクセント）是指一個語詞內各音節間高低或強弱的分佈關係。日語的重音大體上是表現在各個音節間的相對高低關係上，跟英語系國家的強弱關係不同。以東京式標準語的重音為例，重音可分為平板式及起伏式兩式。其中起伏式又可依重音的位置分為尾高型、中高型及頭高型。

《發音練習》 ⓒ 00-11

平板式平板型

　　かお　　kao（顔）　　〈臉〉　　　　さくら　　sakura（桜）　　〈櫻花〉

起伏式尾高型

　　おとこ　otoko（男）　　〈男生〉　　いもうと　imōto（妹）　　〈妹妹〉

起伏式中高型

　　こころ　kokoro（心）　　〈心〉　　　みずうみ　mizuumi（湖）　　〈湖〉

起伏式頭高型

　　ひ　　　hi（火）　　〈火〉　　　　　あめ　　　ame（雨）　　〈雨〉

あいさつ CD 00-12

学生：おはよう　ございます	ohayō gozaimasu	學生：早安	
先生：おはよう	ohayō	老師：早	
クラスメート：こんにちは	konnichi wa	同學：午安	
クラスメート：こんにちは	konnichi wa	同學：午安	
クラスメート：さようなら	sayōnara	同學：再見	
クラスメート：さようなら	sayōnara	同學：再見	
学生：こんばんは	konban wa	學生：晚安	
先生：こんばんは	konban wa	老師：晚安	
学生：ありがとう　ございます	arigatō gozaimasu	學生：謝謝你	
先生：どう　いたしまして	dō itashimashite	老師：不客氣	
女の人：すみません	sumimasen	女士：對不起（女士踩到男士的腳）	
男の人：いいえ	iie	男士：沒關係	
女の人：失礼します	shitsureishimasu	女士：打擾一下	
上司：どうぞ	dōzo	上司：請進	
食前：いただきます	itadakimasu	飯前：我要吃	
食後：ごちそうさまでした	gochisōsama deshita	飯後：吃飽了	

数字 CD 00-13

0…ゼロ／れい	1…いち	2…に	3…さん
4…し／よん	5…ご	6…ろく	7…しち／なな
8…はち	9…く／きゅう	10…じゅう	

時刻 CD 00-14

いちじ	にじ	さんじ	よじ	ごじ	ろくじ
1時	2時	3時	4時	5時	6時
しちじ	はちじ	くじ	じゅうじ	じゅういちじ	じゅうにじ
7時	8時	9時	10時	11時	12時

第1課 わたしは 黄です

生字 CD 01-01

わたし		〔代〕	我
あなた		〔代〕	你
しゃいん	社員	〔名〕	員工；職員
せんせい	先生	〔名〕	老師
がくせい	学生	〔名〕	學生
にほん	日本	〔名〕	日本
たいわん	台湾	〔名〕	台灣
～じん	～人	〔接尾〕	～人
ちゅうごくご	中国語	〔名〕	中國語；中文
～ご	～語	〔接尾〕	～語；～文
だいがく	大学	〔名〕	大學
でんし	電子	〔名〕	電子
だれ	誰	〔代〕	誰
あの ひと	あの 人	〔連〕	那個人
～さん		〔接尾〕	～先生；～小姐
はい		〔感〕	是
いいえ		〔感〕	不；不是
も		〔副助〕	也

会話 CD 01-02

じこしょうかい	自己紹介	〔名〕	自我介紹
はじめまして	初めまして	〔慣〕	初次見面
どうぞ よろしく		〔慣〕	請多指教
～から		〔格助〕	從～
きました	来ました	〔慣〕	來

文型（ぶんけい） CD 01-03

1 わたしは 黄明秀（こうめいしゅう）です。

2 李（り）さんは 日本人（にほんじん）じゃ（では） ありません。

3 黄（こう）さんは 学生（がくせい）ですか。

　　―はい、［わたしは］ 学生（がくせい）です。

　　―いいえ、［わたしは］ 学生（がくせい）じゃ（では） ありません。

4 陳（ちん）さんも 学生（がくせい）です。

5 阿野（あの）さんは 日本語（にほんご）の 先生（せんせい）です。

会話（かいわ） CD 01-04

自己紹介（じこしょうかい）

黄（こう）　：はじめまして。黄（こう）です。どうぞ　よろしく。

阿野（あの）：はじめまして。阿野（あの）です。日本（にほん）から　来（き）ました。どうぞ　よろしく。

黄（こう）　：阿野（あの）さんは 先生（せんせい）ですか。

阿野（あの）：はい、日本語（にほんご）の 先生（せんせい）です。黄（こう）さんは 学生（がくせい）ですか。

黄（こう）　：はい、わたしは 学生（がくせい）です。

練習 I

1　わたしは　黄です。

　陳さんは　学生です。

　あの　人は　日本人です。

2　わたしは　阿野じゃ（では）　ありません。

　陳さんは　先生じゃ（では）　ありません。

　あの　人は　台湾人じゃ（では）　ありません。

3　［あなたは］　学生ですか。

　黄さんは　先生ですか。

　あの　人は　日本人ですか。

　あの　人は　だれですか。

4　陳さんも　学生です。

　阿野さんも　本間さんも　日本人です。

　黄さんも　李さんも　台湾人です。

　黄さんも　陳さんも　学生です。

5　李さんは　台湾電子の　社員です。

　陳さんは　桃園大学の　学生です。

　劉さんは　中国語の　先生です。

練習 II

1　**例　わたし（　は　）　阿野です。**

① 陳さん（　　）　学生です。

② 黄さん（　　）　先生です（　　）。

　　―いいえ、先生では　ありません。

③ 阿野さん（　　）　桃園大学（　　）　先生です。

④ 黄さんは　学生です。李さん（　　）　学生です。

⑤ 陳さんも　学生です（　　）。

　　―いいえ、陳さん（　　）　学生じゃ　ありません。

2 例 阿野 ／ わたし ／ です ／ は

→ わたしは　阿野です。

① では　ありません ／ あの　人 ／ は ／ 学生

→ ＿＿＿＿＿＿＿＿＿＿＿＿＿＿＿＿＿＿＿＿＿＿＿＿。

② の ／ は ／ 社員 ／ です ／ 吉田さん ／ 台湾電子

→ ＿＿＿＿＿＿＿＿＿＿＿＿＿＿＿＿＿＿＿＿＿＿＿＿。

③ です ／ 陳さん ／ 桃園大学 ／ は ／ 学生／ の

→ ＿＿＿＿＿＿＿＿＿＿＿＿＿＿＿＿＿＿＿＿＿＿＿＿。

④ 日本語 ／ の ／ 阿野さん ／ は ／ です ／ 先生

→ ＿＿＿＿＿＿＿＿＿＿＿＿＿＿＿＿＿＿＿＿＿＿＿＿。

3 例 あの　人は　（阿野さん）ですか。―はい、阿野さんです。

① あなたは　（　　　　）ですか。―はい、黄です。

② あなたは　（　　　　）ですか。―いいえ、先生では　ありません。

③ 陳さんは　（　　　　）ですか。―はい、台湾人です。

④ あの　人は　（　　　　）ですか。―台湾電子の　李さんです。

⑤ （　　　）も　日本語の　先生ですか。

　　―いいえ、阿部さんは　日本語の　先生じゃ　ありません。

4 例：我不是學生。

→ わたしは　学生では　ありません。

① 劉先生是日文老師嗎？

→ ＿＿＿＿＿＿＿＿＿＿＿＿＿＿＿＿＿＿＿＿＿＿＿＿。

② 那個人是日本人嗎？

→ ＿＿＿＿＿＿＿＿＿＿＿＿＿＿＿＿＿＿＿＿＿＿＿＿。

③ 本間先生是台灣電子公司的員工。

→ ＿＿＿＿＿＿＿＿＿＿＿＿＿＿＿＿＿＿＿＿＿＿＿＿。

④ 初次見面，我敝姓黃。請多關照。

→ ＿＿＿＿＿＿＿＿＿＿＿＿＿＿＿＿＿＿＿＿＿＿＿＿。

⑤ 陳同學和李同學都是桃園大學的學生。

→ _____。

5 初めまして。

わたしは （　　　　）です。

（　　　　）の　（　　　　）です。

どうぞ　よろしく。

文字・語彙問題

1. 正しいものを選びなさい。〈請選擇正確的答案。〉

例：日本　　　　　　　　　　　　　　　答案：〈2〉

1　にはん　　　2　にほん　　　3　にばん　　　4　にぼん

① 台湾

1　たいはん　　2　たいほん　　3　たいねん　　4　たいわん

② 中国

1　ちゅうこく　2　ちゅうごく　3　ちょうこく　4　ちょうごく

③ 社員

1　しゃいん　　2　しゃおん　　3　しょいん　　4　しょおん

④ 大学

1　たいかく　　2　だいかく　　3　たいがく　　4　だいがく

2. 正しいものを選びなさい。〈請選擇正確的答案。〉

例：你好！　　　　　　　　　　　　　　答案：〈4〉

1　こんたには　2　こんちには　3　こんにしは　4　こんにちは

① 學生

1　かくせい　　2　かくぜい　　3　がくせい　　4　がくぜい

② 老師

1　せんせい　　2　せんぜい　　3　まんせい　　4　まんぜい

③　晩安！

1　こんはんわ　　　2　こんはんね　　　3　こんばんね　　　4　こんばんは

④　早安！

1　おそよう　　　　2　おねよう　　　　3　おはよう　　　　4　おわよう

聴解問題

CD 01-05〜01-10　録音內容請見第121頁

1．例：いいえ、わたしは　先生じゃ　ありません。

①　_____

②　_____

③　_____

④　_____

⑤　_____

CD 01-11〜01-16　録音內容請見第122頁

2．内容が正しければ、（　　）に「○」を、正しくなければ「×」を入れなさい。〈請聽錄音內容的敘述，正確的請畫○，錯誤的請畫×。〉

例（○）

①（　　）　②（　　）　③（　　）　④（　　）　⑤（　　）

第2課　これは　日本語の　CDです

生字 🔘 02-01

これ		〔代〕	這個（近稱）
それ		〔代〕	那個（中稱）
あれ		〔代〕	那個（遠稱）
この～		〔代〕→〔連體〕	這～（近距離）
その～		〔代〕→〔連體〕	那～（中距離）
あの～		〔代〕→〔連體〕	那～（遠距離）
なん、なに	何	〔代〕	什麼
パソコン	personal computer	〔名〕	個人電腦
じしょ	辞書	〔名〕	辭典
かさ	傘	〔名〕	傘
ほん	本	〔名〕	書
ボールペン	ball-point pen	〔名〕	原子筆
シャープペンシル	sharp pencil（和製英語）	〔名〕	自動鉛筆
ざっし	雑誌	〔名〕	雜誌
さとう	砂糖	〔名〕	糖
しお	塩	〔名〕	鹽
テレビ	television	〔名〕	電視機
バイク	bike	〔名〕	機車
はい、そうです		〔慣〕	是，是的。
いいえ、ちがいます		〔慣〕	不，不是。
いいえ、そうじゃ　ありません		〔慣〕	不，不是。
どうも　ありがとう　ございます		〔慣〕	非常謝謝。

会話 🔘 02-02

CD、シーディー	compact disk	〔名〕	CD；雷射唱盤
わかりません	分かりません	〔慣〕	不曉得；不知道

文型 CD 02-03

1 これは 電子辞書です。

2 それは わたしの 雑誌です。

3 あれは 日本の バイクです。

4 それは ボールペンですか、シャープペンシルですか。

　―ボールペンです。／シャープペンシルです。

5 この 傘は あなたのですか。

　―はい、わたしのです。／はい、そうです。

　―いいえ、わたしのじゃ（では）　ありません。／いいえ、ちがいます。

　―いいえ、そうじゃ　ありません。

会話 CD 02-04

それは 何の CDですか

阿部：頼さん、それは 何の CDですか。

頼　：日本語の CDです。

阿部：頼さんの CDですか。

頼　：いいえ、わたしのじゃ ありません。

阿部：だれの CDですか。

頼　：黄さんのです。

阿部：あの 傘は だれのですか。

頼　：わかりません。

練習Ⅰ

1　これは　塩です。

　　これは　電子辞書です。

　　これは　何ですか。

2　これは　わたしの　辞書です。

　　それは　黄さんの　傘です。

　　あれは　先生の　バイクです。

　　あれは　だれの　パソコンですか。

3　これは　黄さんのです。

　　それは　先生のです。

　　あれは　わたしのです。

4　これは　何の　雑誌ですか。―パソコンの　雑誌です。

　　それは　何の　本ですか。―中国語の　本です。

　　それは　何の　CDですか。―日本語の　CDです。

5　これは　砂糖ですか、塩ですか。―砂糖です。／塩です。

　　それは　シャープペンシルですか、ボールペンですか。

　　―シャープペンシルです。／ボールペンです。

　　これは　「わ」ですか、「れ」ですか。―「わ」です。／「れ」です。

6　この　雑誌は　わたしのです。

　　その　傘は　黄さんのです。

　　あの　バイクは　先生のです。

　　この　辞書は　頼さんのですか。

　　―はい、そうです。／いいえ、ちがいます。

練習Ⅱ

1　例　本　／　これ　／　です　／　は

　　→　これは　本です。

① わたし ／ 辞書 ／ それ ／ の ／ は ／ です

→ それ_____。

② だれ ／ は ／ 傘 ／ です ／ か ／ その ／ の

→ その_____。

③ です ／ あれ ／ 先生 ／ は ／ バイク ／ の

→ あれ_____。

④ 何 ／ の ／ それ ／ は ／ です／ CD ／ か

→ それ_____。

2 例　{ これ ・この} は　電子辞書です。

①　これは　　{だれ・何} の　辞書ですか。

　　― {わたし・わたしの} です。

②　それは　　{だれ・何} の　雑誌ですか。

　　―パソコンの　雑誌です。

③　{この・これ} 本は　あなたのですか。

　　―いいえ、ちがいます。

④　あれは　あなたの　バイクですか。

　　―はい、{あなた・わたし} のです。

⑤　{その・それ} は　何の　CDですか。

　　―日本語の　CDです。

3 例　あの　人は　(だれ) ですか。―阿部さんです。

①　これは　　(　　　　) ですか。―はい、ボールペンです。

②　それは　　(　　　　) ですか。―塩です。

③　それは　　(　　　　) の　傘ですか。―頼さんのです。

④　それは　　(　　　　) の　雑誌ですか。―バイクの　雑誌です。

⑤　あれは　　(　　　　) ですか、テレビですか。―パソコンです。

4 例：這是雜誌。　→　**これは　雑誌です。**

① 這是什麼呢？

→ _____。

② 那是老師的機車。（用「あれ」回答）

→ _____。

③ 那是自動鉛筆呢、還是原子筆呢？（用「それ」回答）

→ _____。

④ 這是誰的呢？

→ _____。

⑤ 這本辭典是我的。

→ _____。

練習Ⅲ

1　A：それは　砂糖ですか。

　　B：いいえ、これは　砂糖じゃ　ありません。

　　A：何ですか。

　　B：塩です。

　　　　例）砂糖／塩

　　　　　1）ボールペン／シャープペンシル
　　　　　2）本／辞書
　　　　　3）テレビ／パソコン

2　A：この　傘は　だれのですか。

　　B：わたしのです。どうも　ありがとう　ございます。

　　A：この　本も　あなたのですか。

　　B：いいえ、その　本は　わたしのじゃ　ありません。

　　　　例）傘／本

　　　　　1）雑誌／ボールペン

2）辞書／CD

3）シャープペンシル／雑誌

文字・語彙問題

1. 正しいものを選びなさい。〈請選擇正確的答案。〉

例：台湾　　　　　　　　　　　　　　　　　　　　答案：〈4〉

1　たいはん　　2　たいほん　　3　たいねん　　4　たいわん

① 砂糖

1　あとう　　2　かとう　　3　さとう　　4　さたん

② 塩

1　あお　　2　かお　　3　さお　　4　しお

③ 辞書

1　ししゃ　　2　ししょ　　3　じしょ　　4　じじょ

④ 雑誌

1　さっし　　2　さっじ　　3　ざっし　　4　ざっじ

2. 正しいものを選びなさい。〈請選擇正確的答案。〉

例：學生　　　　　　　　　　　　　　　　　　　　答案：〈3〉

1　かくせい　　2　かくぜい　　3　がくせい　　4　がくぜい

① 不是

1　ちかいます　　2　ちがいます　　3　つかいます　　4　づかいます

② 是的

1　そうです　　2　ぞうです　　3　こうです　　4　おうです

③ 個人電腦

1　ハソコン　　2　ハゾコン　　3　パゾコン　　4　パソコン

④ 電視機

1　テレビ　　2　テレビ　　3　デレヒ　　4　デレビ

聴解問題
ちょうかいもんだい

CD 02-05〜02-10　録音內容請見第124頁

1. **例：はい、砂糖です／はい、そうです。**
れい

   ① 　（いいえ）

   ② 　（CD）

   ③ 　（砂糖）

   ④ 　（日本語の本）

   ⑤ 　（日本語の先生）

CD 02-11〜02-16　録音內容請見第125頁

2. 請聽錄音內容的敘述，然後從兩、三個選項中選出一個正確答案。

   例　これは　〔テレビ・ パソコン 〕 です。
れい

   ①劉さんは　〔日本語・中国語〕の　先生です。
りゅう　　　　　　　にほんご　ちゅうごくご　　　　　せんせい

   ②この　ボールペンは　〔田中さん・阿部さん・林さん〕のです。
たなか　　あ べ　　りん

   ③あの　バイクは　〔先生・陳さん・李さん〕のです。
せんせい　ちん　　り

   ④これは　〔バイク・パソコン・日本語〕の　雑誌です。
にほんご　　ざっ し

   ⑤この　辞書は　〔林さん・李さん・劉さん〕のです。
じ しょ　　りん　　り　　りゅう

第3課　帽子売り場は　どこですか

生字 CD 03-01

うけつけ	受付	〔名〕	櫃台
トイレ	toilet	〔名〕	廁所
しょくどう	食堂	〔名〕	餐廳；食堂
デパート	department store	〔名〕	百貨公司
ぎんこう	銀行	〔名〕	銀行
きょうしつ	教室	〔名〕	教室
かいしゃ	会社	〔名〕	公司
へや	部屋	〔名〕	房間
くに	国	〔名〕	國家
くるま	車	〔名〕	車子
アメリカ	America	〔名〕	美國
がっこう	学校	〔名〕	學校
ここ		〔代〕	這裡（近距離）
そこ		〔代〕	那裡（中距離）
あそこ		〔代〕	那裡（遠距離）
どこ		〔代〕	哪裡（不定稱）
こちら		〔代〕	這邊（近距離）
そちら		〔代〕	那邊（中距離）
あちら		〔代〕	那邊（遠距離）
どちら		〔代〕	哪邊（不定稱）
～えん	円	〔接尾〕	～圓（日幣）

会話 CD 03-02

てんいん	店員	〔名〕	店員
ぼうし	帽子	〔名〕	帽子
うりば	売り場	〔名〕	賣場
ちょっと		〔副〕	稍微
どうも		〔副〕	謝謝

じゃ	〔接〕那麼
いくらですか	〔慣〕多少錢？
～を　ください	〔慣〕請給我～
～で　ございます	〔慣〕「です」的禮貌形

文型 ⒸⒹ 03-03

1　ここは　受付です。

2　トイレは　そこです。

3　中村さんは　あそこです。

4　食堂は　どちらですか。

5　これは　日本の　車です。

6　この　パソコンは　50,000円です。

会話 ⒸⒹ 03-04

この　帽子は　いくらですか

中村　　：ちょっと　すみません。

店員Ａ：はい。

中村　　：帽子売り場は　どこですか。

店員Ａ：帽子売り場は　４階で　ございます。

中村　　：どうも。

....

店員Ｂ：いらっしゃいませ。

中村　　：この　帽子は　いくらですか。

店員Ｂ：15,000円で　ございます。

中村　　：じゃ、これを　ください。

店員Ｂ：ありがとう　ございます。

練習Ⅰ

1 ここは　食堂です。

　　そこは　教室です。

　　あそこは　トイレです。

2 受付は　ここです。

　　銀行は　そこです。

　　デパートは　あそこです。

　　トイレは　どこですか。

3 王さんは　食堂です。

　　中村さんは　会社です。

　　先生は　教室です。

　　郭さんは　どこですか。

4 教室は　こちらです。

　　トイレは　そちらです。

　　先生の　部屋は　あちらです。

　　学校は　どちらですか。―桃園大学です。

　　お国は　どちらですか。―アメリカです。

5 これは　日本の　車です。

　　それは　台湾の　パソコンです。

　　あれは　アメリカの　帽子です。

　　これは　どこの　パソコンですか。

6 この　傘は　100円です。

　　その　パソコンは　80,000円です。

　　あの　バイクは　400,000円です。

　　この　車は　いくらですか。

練習 II

1 例 どこ ／ 受付 ／ です ／ は ／ か

→ **受付は　どこですか。**

① どちら ／ か ／ です ／ トイレ ／ は

→ トイレ＿＿＿＿＿＿＿＿＿＿＿＿＿＿＿＿＿＿＿＿＿＿＿＿＿＿＿。

② 車 ／ は ／ か ／ です ／ いくら ／ この

→ この＿＿＿＿＿＿＿＿＿＿＿＿＿＿＿＿＿＿＿＿＿＿＿＿＿＿＿。

③ です ／ これ ／ バイク ／ は ／ どこ ／ の ／ か

→ これ＿＿＿＿＿＿＿＿＿＿＿＿＿＿＿＿＿＿＿＿＿＿＿＿＿＿＿。

④ あちら ／ の ／ 食堂 ／ です ／ 学校 ／ は

→ 学校＿＿＿＿＿＿＿＿＿＿＿＿＿＿＿＿＿＿＿＿＿＿＿＿＿＿＿。

⑤ です ／ 王さん ／ 車 ／ は ／ あそこ ／ の

→ 王さん＿＿＿＿＿＿＿＿＿＿＿＿＿＿＿＿＿＿＿＿＿＿＿＿＿。

2 例 { わたしは ・わたしの・わたし}　中村です。

① ｛ここ・この・これ｝は　日本の　バイクです。

② ｛そこ・その・それ｝は　食堂です。

③ ｛あそこ・あの・あれ｝　車は　あなたのですか。

④ デパートは　｛あそこ・あの・どこ｝です。

⑤ A：｛ちょっと・どうぞ・どうも｝　すみません。

　　B：はい。

　　A：トイレは　｛だれ・どこ・何｝ですか。

　　B：あちらです。

　　A：｛ちょっと・どうぞ・どうも｝。

3 例 それは　（何）ですか。—日本語の　本です。

① 郭さん、トイレは　（　　　　）ですか。—あそこです。

② 中村さんは　（　　　　）ですか。—食堂です。

③ 阿部先生は　（　　　　　）ですか。―あちらです。

④ お国は　（　　　　　）ですか。―台湾です。

⑤ これは　（　　　　　）の　車ですか。―日本のです。

⑥ 学校は　（　　　　　）ですか。―桃園大学です。

4　例：這是什麼東西？　→　これは　何ですか。

① 這裏是櫃台。

→ _____。

② 那邊是老師的辦公室。（用「そちら」回答）

→ _____。

③ 郭小姐在哪裏？

→ _____。

④ 餐廳在那邊。

→ _____。

⑤ 這是日本製造的機車。

→ _____。

練習III

1　A：ちょっと　すみません。食堂は　どこですか。

　　B：あそこです。

　　A：どうも。

　　　　例）食堂

　　　　1）トイレ
　　　　2）受付
　　　　3）銀行

2　A：これは　どこの　パソコンですか。

　　B：台湾のです。

A：いくらですか。

B：50,000円です。

例）パソコン／台湾／50,000円

1）傘／中国／300円

2）車／日本／1,000,000円

3）帽子／アメリカ／12,000円

文字・語彙問題

1. 正しいものを選びなさい。〈請選擇正確的答案。〉

例：塩　　　　　　　　　　　　　　　　答案：〈4〉

1　あお　　　　2　かお　　　　3　さお　　　　4　しお

① 受付

1　あけつけ　　2　いけつけ　　3　うけつけ　　4　えけつけ

② 銀行

1　いんこう　　2　いんはん　　3　きんこう　　4　ぎんこう

③ 教室

1　ぎょうしつ　2　ぎょうし　　3　きょうし　　4　きょうしつ

④ 会社

1　はいしゃ　　2　へいしゃ　　3　たいしゃ　　4　かいしゃ

2. 正しいものを選びなさい。〈請選擇正確的答案。〉

例：是的　　　　　　　　　　　　　　　答案：〈1〉

1　そうです　　2　ぞうです　　3　こうです　　4　おうです

① 帽子

1　まおし　　　2　もうし　　　3　ぼうし　　　4　ほうし

② 車子

1　くるま　　　2　するま　　　3　ひるま　　　4　よるま

③ 學校

1　かっこう　　　2　がっこう　　　3　がくこう　　　4　かくこう

④　房間

1　えや　　　　　2　けや　　　　　3　へや　　　　　4　まや

聴解問題
ちょうかいもんだい

(CD) 03-05～03-10　録音內容請見第127頁

1. 例：あちらです／あそこです。_____

① _____

② _____

③ _____

④ _____

⑤ _____

(CD) 03-11～03-16　録音內容請見第128頁

2. 内容が正しければ、（　　）に「○」を、正しくなければ「×」を入れなさい。〈請聽錄音内容的敘述，正確的請畫○，錯誤的請畫×。〉

　例（×）

　①（　　）　②（　　）　③（　　）　④（　　）　⑤（　　）

第4課 肉は 野菜の 右に あります

生字 CD 04-01

あります		〔自五〕	有；在
います		〔自上一〕	有；在
おとこの こ	男の 子	〔名〕	男孩
おんなの こ	女の 子	〔名〕	女孩
スーパー	super market	〔名〕	超級市場
こうえん	公園	〔名〕	公園
ほんや	本屋	〔名〕	書店
えき	駅	〔名〕	車站
ホテル	hotel	〔名〕	飯店
ゆうびんきょく	郵便局	〔名〕	郵局
うち	家	〔名〕	家
こども	子ども	〔名〕	小孩
つくえ	机	〔名〕	桌子
さかな	魚	〔名〕	魚
ねこ	猫	〔名〕	貓
いぬ	犬	〔名〕	狗
まえ	前	〔名〕	前面
ちかく	近く	〔名〕	附近
そば		〔名〕	旁邊
みぎ	右	〔名〕	右邊
ひだり	左	〔名〕	左邊
なか	中	〔名〕	裏面
となり	隣	〔名〕	隔壁
うえ	上	〔名〕	上面
した	下	〔名〕	下面
など		〔副助〕	等等

会話 ⓒ04-02

| やさい | 野菜 | 〔名〕蔬菜 |
| にく | 肉 | 〔名〕肉 |

1　あそこに　スーパーが　あります。

2　あそこに　佐藤(さとう)さんが　います。

3　駅(えき)の　前(まえ)に　ホテルや　デパートなどが　あります。

4　公園(こうえん)に　だれか　いますか。

　　―はい、います。／いいえ、だれも　いません。

　　だれが　いますか。

　　―男(おとこ)の　子(こ)と　女(おんな)の　子(こ)が　います。

5　本屋(ほんや)は　駅(えき)の　近(ちか)くに　あります。

6　山下(やました)さんは　会社(かいしゃ)に　います。

会話 (かいわ) CD 04-04

肉(にく)は　どこに　ありますか

佐藤(さとう)：ちょっと　すみません。

店員(てんいん)：はい、何(なん)でしょうか。

佐藤(さとう)：野菜(やさい)は　どこに　ありますか。

店員(てんいん)：あそこに　あります。

佐藤(さとう)：肉(にく)は　どこですか。

店員(てんいん)：肉(にく)ですか。野菜(やさい)の　右(みぎ)に　あります。

佐藤(さとう)：野菜(やさい)の　右(みぎ)ですね。どうも。

練習 I

1　あそこに　食堂が　あります。

　　あそこに　公園が　あります。

　　あそこに　銀行が　あります。

　　あそこに　何が　ありますか。

2　あそこに　張さんが　います。

　　あそこに　女の　子が　います。

　　わたしの　うちに　子どもが　います。

　　あそこに　だれが　いますか。

3　デパートの　前に　駅が　あります。

　　デパートの　中に　食堂が　あります。

　　デパートの　そばに　銀行が　あります。

　　デパートの　隣に　ホテルが　あります。

4　銀行の　隣に　本屋と　郵便局が　あります。

　　机の　上に　本や　雑誌などが　あります。

　　スーパーに　肉や　魚や　野菜などが　あります。

5　食堂は　本屋の　隣に　あります。

　　本屋は　駅の　近くに　あります。

　　デパートは　どこに　ありますか。

6　張さんは　教室に　います。

　　佐藤さんは　部屋に　います。

　　猫は　机の　下に　います。

　　郭さんは　どこに　いますか。

練習 II

1　例　これ（　は　）　日本（　の　）　車です。

　　①　駅（　　）　前（　　）　ホテル（　　）　あります。

　　②　張さん（　　）　どこ（　　）　います（　　）。

―部屋（　　）　います。

③ 庭（　　）　だれ（　　）　いますか。

　―いいえ、だれ（　　）　いません。

④ 公園（　　）　男の　子（　　）　犬（　　）　います。

⑤ この　部屋（　　）　パソコン（　　）　机など（　　）　あります。

2 例　どこ　/　銀行　/　あります　/　は　/　か　/　に

→　**銀行は　どこに　ありますか。**

① 駅　/　あります　/　前　/　が　/　に　/　の　/　デパート

→　駅＿＿＿＿＿＿＿＿＿＿＿＿＿＿＿＿＿＿＿＿＿＿＿。

② 銀行　/　の　/　デパート　/　あります　/　隣に　/　は

→　銀行＿＿＿＿＿＿＿＿＿＿＿＿＿＿＿＿＿＿＿＿＿。

③ 庭　/　か　/　だれが　/　います　/　に

→　庭＿＿＿＿＿＿＿＿＿＿＿＿＿＿＿＿＿＿＿＿＿＿＿。

④ 机　/　猫　/　下　/　が　/　います　/　の　/　に

→　机＿＿＿＿＿＿＿＿＿＿＿＿＿＿＿＿＿＿＿＿＿＿＿。

⑤ 佐藤さん　/　デパート　/　います　/　は　/　前に　/　の

→　佐藤さん＿＿＿＿＿＿＿＿＿＿＿＿＿＿＿＿＿＿＿＿。

3 例　教室に　だれが　いますか＿＿＿＿＿＿＿＿＿＿＿＿。

　―**張さんが　います。**

① 佐藤さんは＿＿＿＿＿＿＿＿＿＿＿＿＿＿＿＿＿＿＿＿。

　―庭に　います。

② テレビは＿＿＿＿＿＿＿＿＿＿＿＿＿＿＿＿＿＿＿＿＿＿。

　―わたしの　部屋に　あります。

③ 会社に＿＿＿＿＿＿＿＿＿＿＿＿＿＿＿＿＿＿＿＿＿＿＿。

　―王さんと　郭さんが　います。

④ 公園に＿＿＿＿＿＿＿＿＿＿＿＿＿＿＿＿＿＿＿＿＿＿＿。

　　　—いいえ、だれも　いません。

⑤　机の　下に_____。

　　　—いいえ、何も　ありません。

4　例：這裏是櫃台。　→　ここは　受付です。

①　那裡有機車。（用「あそこ」回答）

→　_____。

②　書店在火車站附近。

→　_____。

③　郭小姐在公司裡。

→　_____。

④　在超市有蔬菜啦、魚等等。

→　_____。

⑤　在公園裡是否有誰在呢？

→　_____。

練習III

1　A：ちょっと　すみません。この　近くに　本屋が　ありますか。

　　B：本屋ですか。ありますよ。

　　A：どこに　ありますか。

　　B：駅の　近くに　ありますよ。

　　　　例）本屋／駅の　近く

　　　　1）郵便局／銀行の　隣

　　　　2）公園／駅の　そば

　　　　3）デパート／駅の　前

2　A：すみません。郭さんは　いますか。

　　B：いいえ、いません。郭さんは　教室に　います。

Ａ：そうですか。どうも。

　　例）郭さん／教室
　　　1）佐藤さん／会社
　　　2）張さん／食堂
　　　3）王さん／公園

文字・語彙問題

1. 正しいものを選びなさい。〈請選擇正確的答案。〉

例：銀行　　　　　　　　　　　　　　　　答案：〈4〉

1　いんこう　　　2　いんはん　　　3　きんこう　　　4　ぎんこう

① 駅

1　あき　　　　　2　いき　　　　　3　うき　　　　　4　えき

② 本屋

1　はんや　　　　2　ばんや　　　　3　ほんや　　　　4　ぼんや

③ 魚

1　あかな　　　　2　いかな　　　　3　さかな　　　　4　たかな

④ 犬

1　いぬ　　　　　2　いな　　　　　3　ねこ　　　　　4　たこ

2. 正しいものを選びなさい。〈請選擇正確的答案。〉

例：車子　　　　　　　　　　　　　　　　答案：〈1〉

1　くるま　　　　2　するま　　　　3　ひるま　　　　4　よるま

① 旁邊

1　あば　　　　　2　かば　　　　　3　そば　　　　　4　たば

② 貓

1　わこ　　　　　2　れこ　　　　　3　よこ　　　　　4　ねこ

③ 前面

1　まあ　　　　　2　まい　　　　　3　まえ　　　　　4　まか

④ 上面

1 あえ　　　　2 いえ　　　　3 うえ　　　　4 おえ

聴解問題

CD 04-05〜04-10　録音内容請見第130頁

1. 例：**教室に　います。**

　　① _____

　　② _____

　　③ _____

　　④ _____

　　⑤ _____

CD 04-011〜04-15　録音内容請見第131頁

2. 内容が正しければ、（　　）に「○」を、正しくなければ「×」を入れなさい。〈請聽錄音內容的敘述，正確的請畫○，錯誤的請畫×。〉

　　①（　　）　②（　　）　③（　　）　④（　　）　⑤（　　）

第5課　日曜日　アルバイトします

生字 CD 05-01

おきます	起きます	〔自上一〕起床；起來
べんきょうします	勉強します	〔他サ〕讀書；學習
はたらきます	働きます	〔自五〕工作
アルバイトします	Arbeitします	〔自サ〕打工
ねます	寝ます	〔自下一〕睡覺
はじまります	始まります	〔自五〕開始
おわります	終わります	〔自五〕結束
やすみます	休みます	〔自五〕休息；請假
えいが・えいが	映画	〔名〕電影
いま	今	〔名〕現在
ちち・ちち	父	〔名〕我的爸爸；家父
ひるやすみ	昼休み	〔名〕午休
あさ	朝	〔名〕早上
よる	夜	〔名〕晚上
まいにち	毎日	〔名〕每天
まいあさ・まいあさ	毎朝	〔名〕每天早上
まいばん・まいばん	毎晩	〔名〕每天晚上
きょう	今日	〔名〕今天
きのう	昨日	〔名〕昨天
おととい	一昨日	〔名〕前天
あした	明日	〔名〕明天
にちようび	日曜日	〔名〕星期天
げつようび	月曜日	〔名〕星期一
きんようび	金曜日	〔名〕星期五
どようび	土曜日	〔名〕星期六
なんようび	何曜日	〔名〕星期幾
～はん	～半	〔名〕～半

なんじ	何時	〔名〕幾點鐘
なんぷん	何分	〔名〕幾分鐘
～じ	～時	〔接尾〕～點（鐘）
～ふん／ぷん	～分／分	〔接尾〕～分（鐘）

会話 CD 05-02

ごご	午後	〔名〕下午
たいへんです	大変です	〔慣用〕很辛苦
らくです	楽です	〔慣用〕很輕鬆

文型 CD 05-03

1 今 8時10分です。

2 昼休みは 12時から 1時までです。

3 わたしは 朝 6時に 起きます。

4 わたしは 8時から 4時半まで 勉強します。

5 きょうは 日曜日です。

6 わたしは 土曜日 アルバイトしました。

会話 CD 05-04

日曜日 アルバイトします

吉田：黄さんは 日曜日 アルバイトしますか。

黄 ：はい、アルバイトします。

吉田：アルバイトは 何時から 何時までですか。

黄 ：朝 9時から 午後4時までです。

吉田：昼休みが ありますか。

黄 ：はい、12時半から 1時半まで 休みます。

吉田：アルバイトは 大変ですか。

黄 ：いいえ、大変じゃ ありません。楽ですよ。

練習Ⅰ

1 今　8時です。
　今　2時10分です。
　今　6時半です。
　今　何時ですか。

2 わたしの　大学は　8時から　4時までです。
　デパートは　11時から　9時半までです。
　郵便局は　何時から　何時までですか。

3 映画は　10時に　始まります。
　銀行は　3時半に　終わります。
　会社は　何時に　終わりますか。

4 ［あなたは］　毎朝　何時に　起きますか。
　　―［わたしは　毎朝］　6時に　起きます。
　［あなたは］　毎晩　何時に　寝ますか。
　　―［わたしは　毎晩］　11時に　寝ます。

5 わたしは　8時から　5時まで　勉強します。
　父は　月曜日から　土曜日まで　働きます。
　わたしは　夜　6時から　9時まで　アルバイトします。

6 わたしは　毎日　アルバイトします。
　わたしは　あした　勉強しません。
　わたしは　きのう　勉強しました。
　わたしは　おととい　アルバイトしませんでした。

練習Ⅱ

1 例 駅（ の ）前（ に ）ホテル（ が ）あります。
　① わたしの　大学は　4時（　　）終わります。
　② 台湾の　銀行は　何時（　　）始まりますか。
　③ 朝　何時（　　）起きますか。

④ わたしは　8時（　　）　4時（　　）　勉強します。

⑤ 昼休みは　何時（　　）　何時（　　）ですか。

2 例 公園 ／ います ／ 犬 ／ が ／ に

→ **公園に　犬が　います。**

① 会社 ／ 始まります ／ に ／ 9時 ／ は

→ 会社＿＿＿＿＿＿＿＿＿＿＿＿＿＿＿＿＿＿＿＿＿＿＿＿。

② わたし ／ 毎朝 ／ 起きます ／ 7時 ／ は ／ に

→ わたし＿＿＿＿＿＿＿＿＿＿＿＿＿＿＿＿＿＿＿＿＿＿＿。

③ 銀行 ／ 3時半 ／ まで ／ から ／ 9時 ／ です ／ は

→ 銀行＿＿＿＿＿＿＿＿＿＿＿＿＿＿＿＿＿＿＿＿＿＿＿＿。

④ 会社 ／ 金曜日 ／ から ／ 月曜日 ／ です ／ まで ／ は

→ 会社＿＿＿＿＿＿＿＿＿＿＿＿＿＿＿＿＿＿＿＿＿＿＿＿。

⑤ きのう ／ か ／ まで ／ 勉強しました ／ 何時

→ きのう＿＿＿＿＿＿＿＿＿＿＿＿＿＿＿＿＿＿＿＿＿＿。

3 例 あの　人は　（ だれ ）ですか。

　　―黄さんです。

① すみません。今　（　　　　）ですか。

　　―6時10分です。

② きょうは　（　　　　）ですか。

　　―金曜日です。

③ 毎晩　（　　　　）に　寝ますか。

　　―12時に　寝ます。

④ 会社は　（　　　　）から　（　　　　）までですか。

　　―9時から　6時までです。

⑤ きのう　（　　　　）まで　アルバイトしましたか。

　　―11時まで　アルバイトしました。

50

4 例：在公園裡是否有誰在呢？ → **公園に　だれか　いますか。**

① 對不起，現在幾點鐘？

→ ＿＿＿＿＿＿＿＿＿＿＿＿＿＿＿＿＿＿＿＿＿＿＿＿。

② 我每天晚上十二點鐘睡覺。

→ ＿＿＿＿＿＿＿＿＿＿＿＿＿＿＿＿＿＿＿＿＿＿＿＿。

③ 電影是幾點開始呢？

→ ＿＿＿＿＿＿＿＿＿＿＿＿＿＿＿＿＿＿＿＿＿＿＿＿。

④ 我昨天從八點到五點在學習。

→ ＿＿＿＿＿＿＿＿＿＿＿＿＿＿＿＿＿＿＿＿＿＿＿＿。

⑤ 今天是星期三。

→ ＿＿＿＿＿＿＿＿＿＿＿＿＿＿＿＿＿＿＿＿＿＿＿＿。

練習III

1　A：学校は　何時からですか。

B：7時半からです。

A：何時に　終わりますか。

B：5時に　終わります。

A：毎日ですか。

B：はい。

A：大変ですね。

例）学校／7時半／5時

1）会社／9時／6時

2）アルバイト／午後5時／12時

3）大学／8時／4時

2　A：毎朝　何時に　起きますか。

B：6時に　起きます。

A：そうですか。夜　何時まで　勉強しますか。

B：10時まで　勉強します。

A：何時に　寝ますか。

B：12時に　寝ます。

　　例）　6時／10時／12時

　　　1）　7時／10時半／11時半

　　　2）　6時半／12時／12時半

　　　3）　7時半／11時／12時

文字・語彙問題

1．正しいものを選びなさい。〈請選擇正確的答案。〉

例：本屋　　　　　　　　　　　　　　　　　答案：〈3〉

1　はんや　　　2　ばんや　　　3　ほんや　　　4　ぼんや

①　映画

1　ええか　　　2　ええが　　　3　えいか　　　4　えいが

②　毎日

1　まいつき　　2　まいにち　　3　まいひ　　　4　まいよ

③　今

1　いま　　　　2　さま　　　　3　たま　　　　4　ひま

④　夜

1　あさ　　　　2　ばん　　　　3　ひる　　　　4　よる

2．正しいものを選びなさい。〈請選擇正確的答案。〉

例：前面　　　　　　　　　　　　　　　　　答案：〈3〉

1　まあ　　　　2　まい　　　　3　まえ　　　　4　まか

①　早上

1　あき　　　　2　あさ　　　　3　いき　　　　4　いさ

②　今天

1　きょう　　　2　しょう　　　3　ひょう　　　4　みょう

③　星期六

1　とようひ　　　　2　どようひ　　　　3　とようび　　　　4　どようび

④　午休

1　なつやすみ　　　2　はるやすみ　　　3　ひるやすみ　　　4　ふゆやすみ

聴解問題

CD 05-05～05-10　　録音內容請見第133頁

1. **例：7時です。／9時です。**

①＿＿＿＿＿＿＿＿＿＿＿＿＿＿＿＿

②＿＿＿＿＿＿＿＿＿＿＿＿＿＿＿＿

③＿＿＿＿＿＿＿＿＿＿＿＿＿＿＿＿

④＿＿＿＿＿＿＿＿＿＿＿＿＿＿＿＿

⑤＿＿＿＿＿＿＿＿＿＿＿＿＿＿＿＿

CD 05-011～05-15　　録音內容請見第134頁

2. 内容が正しければ、（　　）に「○」を、正しくなければ「×」を入れなさい。〈請聽錄音内容的敘述，正確的請畫○，錯誤的請畫×。〉

①（　　）　②（　　）　③（　　）　④（　　）　⑤（　　）

第6課 ノートを 2冊 ください

生字 CD 06-01

りんご		〔名〕	蘋果
みかん		〔名〕	橘子
テーブル	table	〔名〕	飯桌
いす		〔名〕	椅子
かぞく	家族	〔名〕	家人；家族
りょうしん	両親	〔名〕	雙親；父母親
おとうさん	お父さん	〔名〕	爸爸；父親
はは（おかあさん）	母（お母さん）	〔名〕	我的媽媽；家母
あに（おにいさん）	兄（お兄さん）	〔名〕	哥哥
あね（おねえさん）	姉（お姉さん）	〔名〕	姊姊
いもうと（いもうとさん）	妹（妹さん）	〔名〕	妹妹
おとうと（おとうとさん）	弟（弟さん）	〔名〕	弟弟
きょうだい	兄弟	〔名〕	兄弟姊妹
かばん		〔名〕	皮包；提包
きって	切手	〔名〕	郵票
はがき	葉書	〔名〕	明信片
ひとつ	1つ	〔名〕	一個
いくつ		〔名〕	幾個
ひとり	1人	〔名〕	一個人
ふたり	2人	〔名〕	兩個人
なんにん	何人	〔名〕	幾個人
～さい	～歳	〔接尾〕	～歲
～ほん／ぼん／ぽん	～本	〔接尾〕	～支；～枝；～條；～瓶
～さつ	～冊	〔接尾〕	～本；～冊
～だい	～台	〔接尾〕	～台；～輛
～ひき／びき／ぴき	～匹	〔接尾〕	～隻
～まい	～枚	〔接尾〕	～張

| ～じかん | ～時間 | 〔名〕～幾個鐘頭 |

会話 CD 06-02

ノート	notebook	〔名〕筆記本
～げん	～元	〔接尾〕～元（台幣）
それから		〔接〕然後；還有
ぜんぶで	全部で	〔慣用〕一共；全部加起來
おかえし	お返し	〔慣用〕找錢

文型 CD 06-03

1 テーブルの 上に みかんが 1つ あります。

2 教室に 学生が 3人 います。

3 太田さんは 子どもが 2人 います。

4 兄は 26歳です。

5 ボールペンを 3本 ください。

6 わたしは 毎日 8時間 働きます。

会話 CD 06-04

ボールペンを 2本と ノートを 2冊 ください

周 ：すみません、ボールペンを 2本 ください。

店員：はい、1本 10元です。

周 ：それから この ノートを 2冊 ください。

店員：はい、1冊 20元です。

周 ：全部で いくらですか。

店員：60元です。

周 ：じゃ、これで お願いします。

店員：40元の お返しです。ありがとう ございました。

練習Ⅰ

1 テーブルの 上に りんごが 1つ あります。

わたしの 部屋に パソコンが 2台 あります。

かばんの 中に 本が 3冊 あります。

教室に いすが いくつ ありますか。

2 教室に 学生が 5人 います。

庭に 猫が 1匹 います。

公園に 男の 子が 2人と 女の 子が 1人 います。

教室に 学生が 何人 いますか。

3 家族は 何人ですか。―家族は 4人です。

両親と 兄が います。

わたしは 兄弟が 3人 います。

お母さんは おいくつ（何歳）ですか。―母は 50歳です。

4 80円の 切手を 1枚 ください。

この りんごを 3つ ください。

50円の 切手を 3枚と はがきを 2枚 ください。

5 父は 毎日 8時間 働きます。

わたしは 毎日 8時間 勉強します。

わたしは 毎晩 3時間 アルバイトします。

練習Ⅱ

1 例 わたし（ は ） 毎朝（ × ） 6時（ に ） 起きます。

① テーブルの 上（   ） みかん（   ） 5つ（   ） あります。

② 公園（   ） 犬（   ） 1匹（   ） 猫（   ） 1匹 います。

③ わたしは 兄弟（   ） 3人（   ） います。

④ 50円（   ） 切手（   ） 3枚（   ） ください。

⑤ ノート（   ） 2冊（   ） ボールペン（   ） 3本 ください。

2 例 りんご／2つ／ください／を

→ りんごを　2つ　ください。

① わたし／会社／パソコン／あります／10台／の／に／が

→ わたし＿＿＿＿＿＿＿＿＿＿＿＿＿＿＿＿＿＿＿＿＿＿＿＿＿。

② 家族／5人／は／ですか／全部で

→ 家族＿＿＿＿＿＿＿＿＿＿＿＿＿＿＿＿＿＿＿＿＿＿＿＿＿。

③ この／2枚／切手／ください／を

→ この＿＿＿＿＿＿＿＿＿＿＿＿＿＿＿＿＿＿＿＿＿＿＿＿＿。

④ 周さん／4人／兄弟／います／が／は

→ 周さん＿＿＿＿＿＿＿＿＿＿＿＿＿＿＿＿＿＿＿＿＿＿＿＿＿。

⑤ 両親／います／2人／が／姉／と

→ 両親＿＿＿＿＿＿＿＿＿＿＿＿＿＿＿＿＿＿＿＿＿＿＿＿＿。

3 例 きょうは　（　何曜日　）ですか。―火曜日です。

① 家族は　（　　　　　）ですか。―全部で　4人です。

② うちに　辞書が　（　　　　　）　ありますか。―5冊　あります。

③ 会社に　パソコンが（　　　　　）ありますか。―4台　あります。

④ お父さんは　（　　　　　）ですか。―［父は］　45歳です。

⑤ 毎日　（　　　　　）　勉強しますか。―8時間　勉強します。

4 例：現在幾點鐘？　→　今　何時ですか。

① 我爸爸五十歲。

→ ＿＿＿＿＿＿＿＿＿＿＿＿＿＿＿＿＿＿＿＿＿＿＿＿＿。

② 在飯桌上有兩顆蘋果。

→ ＿＿＿＿＿＿＿＿＿＿＿＿＿＿＿＿＿＿＿＿＿＿＿＿＿。

③ 在教室裡有幾位學生？

→ ＿＿＿＿＿＿＿＿＿＿＿＿＿＿＿＿＿＿＿＿＿＿＿＿＿。

④ 請給我三支原子筆（我要買三支原子筆）。

→ ＿＿＿＿＿＿＿＿＿＿＿＿＿＿＿＿＿＿＿＿＿＿＿＿＿。

⑤　你每天讀幾小時的書？

→　＿＿＿＿＿＿＿＿＿＿＿＿＿＿＿＿＿＿＿＿＿＿＿＿＿＿＿＿＿＿＿＿＿＿＿。

練習Ⅲ

1　A：すみません。この　りんごは　いくらですか。

　　B：1つ　150円です。

　　A：じゃ、4つ　ください。

　　B：ありがとう　ございます。全部で　600円です。

　　　　例）りんご／1つ　150円／4つ

　　　　1）ノート／1冊　200円／3冊

　　　　2）ボールペン／1本　150円／4本

　　　　3）みかん／1つ　100円／6つ

2　A：家族は　何人ですか。

　　B：4人です。両親と　兄が　1人　います。

　　A：お兄さんは　おいくつですか。

　　B：27歳です。

　　　　例）両親／兄／1人／お兄さん／27歳

　　　　1）母／姉／2人／お母さん／45歳

　　　　2）父／妹／2人／お父さん／55歳

　　　　3）両親／弟／1人／弟さん／18歳

文字・語彙問題

1. 正しいものを選びなさい。〈請選擇正確的答案。〉

例：毎日　　　　　　　　　　　　　　　　答案：〈2〉

　　1　まいつき　　2　まいにち　　3　まいひ　　4　まいよ

① 切手

　　1　きて　　　　2　きつて　　　3　きって　　4　きっと

② 何人

　　1　なににん　　2　なにひと　　3　なんにん　　4　なんひと

③ 家族

　　1　かそく　　　2　かぞく　　　3　いえそく　　4　いえぞく

④ 兄弟

　　1　きゅうたい　2　きゅうだい　3　きょうたい　4　きょうだい

2. 正しいものを選びなさい。〈請選擇正確的答案。〉

例：今天　　　　　　　　　　　　　　　　答案：〈1〉

　　1　きょう　　　2　しょう　　　3　ひょう　　4　みょう

① 橘子

　　1　まかん　　　2　みかん　　　3　むかん　　4　もかん

② 明信片

　　1　はかき　　　2　はがき　　　3　はくき　　4　はぐき

③ 蘋果

　　1　りんこ　　　2　れんこ　　　3　りんご　　4　れんご

④ 飯桌

　　1　テーバル　　2　テービル　　3　テーブル　　4　テーボル

聴解問題
<ruby>聴解問題<rt>ちょうかいもんだい</rt></ruby>

CD 06-05～06-10　録音內容請見第136頁

1. 例：<ruby>1冊<rt>いっさつ</rt></ruby>　あります。／<ruby>2冊<rt>にさつ</rt></ruby>　あります。

① _____

② _____

③ _____

④ _____

⑤ _____

CD 06-11～06-15　録音內容請見第137頁

2. <ruby>内容<rt>ないよう</rt></ruby>が<ruby>正<rt>ただ</rt></ruby>しければ、（　　）に「○」を、<ruby>正<rt>ただ</rt></ruby>しくなければ「×」を<ruby>入<rt>い</rt></ruba>れな

さい。〈請聽錄音內容的敘述，正確的請畫○，錯誤的請畫×。〉

①（　　）　②（　　）　③（　　）　④（　　）　⑤（　　）

第7課　わたしは 春休みに 田舎へ 帰りました

生字 CD 07-01

いきます	行きます	〔自五〕	去
かえります	帰ります	〔自五〕	回去；回來
かかります		〔自五〕	要；花
あるいて	歩いて	〔慣用〕	走路
バス	bus	〔名〕	巴士；公車
でんしゃ・でんしゃ	電車	〔名〕	電車
ひこうき	飛行機	〔名〕	飛機
いなか	田舎	〔名〕	故鄉；鄉下
たんじょうび	誕生日	〔名〕	生日
ともだち	友達	〔名〕	朋友
らいげつ	来月	〔名〕	下個月
せんげつ	先月	〔名〕	上個月
きょねん	去年	〔名〕	去年
いつ		〔代〕	什麼時候
さんがつ	3月	〔名〕	三月
しがつ	4月	〔名〕	四月
ごがつ	5月	〔名〕	五月
しちがつ	7月	〔名〕	七月
はちがつ	8月	〔名〕	八月
くがつ	9月	〔名〕	九月
なんがつ	何月	〔名〕	幾月
ふつか	2日	〔名〕	2日；2號
いつか	5日	〔名〕	5日；5號
ここのか	9日	〔名〕	9日；9號
じゅういちにち	11日	〔名〕	11日；11號
じゅうににち	12日	〔名〕	12日；12號
はつか	20日	〔名〕	20日；20號

| なんにち | 何日 | 〔名〕幾日；幾號 |
| どのくらい（どのぐらい） | | 〔名〕多久 |

会話 CD 07-02

はるやすみ	春休み	〔名〕春假
こうそくてつどう	高速鉄道	〔名〕高鐵
いいですね		〔形〕不錯喔；好呀

文型 CD 07-03

1 わたしは　あした　学校へ　行きます。
2 わたしは　電車で　うちへ　帰ります。
3 阿部先生は　家族と　台湾へ　来ました。
4 わたしは　来月　田舎へ　帰ります。
5 江さんの　誕生日は　5月11日です。
6 うちから　大学まで　電車で　30分　かかります。

会話 CD 07-04

春休みに　田舎へ　帰りました

江　：山本さんは　春休みに　どこかへ　行きましたか。
山本：はい、行きました。
江　：どこへ　行きましたか。
山本：高速鉄道で　高雄へ　行きました。
江　：いいですね。
山本：江さんも　どこかへ　行きましたか。
江　：はい、わたしは　バスで　田舎へ　帰りました。
山本：だれと　帰りましたか。
江　：両親と　帰りました。
山本：そうですか。

練習 I

1　わたしは　あした　銀行へ　行きます。

　　わたしは　きのう　大学へ　行きました。

　　［あなたは］　あした　どこかへ　行きますか。

　　　　—はい、行きます。

　　　　—いいえ、どこ（へ）も　行きません。

2　わたしは　バスで　大学へ　行きます。

　　江さんは　電車で　田舎へ　帰りました。

　　山本先生は　飛行機で　台湾へ　来ました。

3　わたしは　友達と　大学へ　行きます。

　　山本先生は　家族と　台湾へ　来ました。

　　宋さんは　一人で　うちへ　帰りました。

　　　［あなたは］　だれと　デパートへ　行きますか。

4　わたしは　あした　田舎へ　帰ります。

　　江さんは　先月　日本へ　行きました。

　　山本先生は　去年の　9月に　台湾へ　来ました。

　　　［あなたは］　いつ　日本へ　行きますか。

5　わたしの　誕生日は　4月2日です。

　　あなたの　誕生日は　いつですか。

　　きょうは　何月何日ですか。

　　　　—（きょうは）　5月5日です。

6　うちから　大学まで　30分　かかります。

　　台北から　高雄まで　高速鉄道で　1時間半　かかります。

　　うちから　駅まで　歩いて　25分　かかります。

　　うちから　学校まで　バスで　どのくらい　かかりますか。

練習II

1 例　50円（ の ） 切手（ を ） 3枚（ × ） ください。

① 江さんは　バス（　　）　会社（　　）　行きます。

② 先生は　家族（　　）　台湾（　　）　来ました。

③ 宋さんは　一人（　　）　田舎（　　）　帰りました。

④ わたしは　来月（　　）　日本（　　）　行きます。

⑤ うち（　　）　会社（　　）　バス（　　）　30分　かかります。

2 例　家族／何人／は／ですか／全部で

→　**家族は　全部で　何人ですか。**

① 山本さん／日本／去年／来ました／は／から

→　山本さん＿＿＿＿＿＿＿＿＿＿＿＿＿＿＿＿＿＿＿＿＿。

② きのう／だれ／帰りました／と／か

→　きのう＿＿＿＿＿＿＿＿＿＿＿＿＿＿＿＿＿＿＿＿＿。

③ 台北／かかります／まで／から／高雄／バスで／5時間

→　台北＿＿＿＿＿＿＿＿＿＿＿＿＿＿＿＿＿＿＿＿＿＿。

④ 先週／どこか／土曜日／行きました／へ／の／か

→　先週＿＿＿＿＿＿＿＿＿＿＿＿＿＿＿＿＿＿＿＿＿＿。

⑤ わたし／3月12日／日本／へ／は／帰りました／に

→　わたし＿＿＿＿＿＿＿＿＿＿＿＿＿＿＿＿＿＿＿＿＿。

3 例　毎日　（ 何時間 ）　寝ますか。—8時間　寝ます。

① 江さんは　（　　　）　田舎へ　帰りますか。—7月に　帰ります。

② （　　　）と　大学へ　来ましたか。—張さんと　来ました。

③ 宋さんの　誕生日は　（　　　）ですか。—4月9日です。

④ 台北から　高雄まで　高速鉄道で　（　　　）　かかりますか。

　　—1時間半　かかります。

⑤ あした　（　　　）かへ　行きますか。

　　　　―いいえ、（　　　）へも　行_いきません。

4　例_{れい}：教室裡有幾個學生？　→　**教室_{きょうしつ}に　学生_{がくせい}が　何人_{なんにん}　いますか。**

①　我昨天搭公車回家。

→ _____。

②　我跟朋友一起來到這裡了。

→ _____。

③　什麼時候來台灣的？

→ _____。

④　你的生日是幾月幾號？

→ _____。

⑤　我星期天哪裡都沒有去。

→ _____。

⑥　從台北到高雄坐飛機需要一小時。

→ _____。

練習_{れんしゅう}Ⅲ

1　A：あした　高雄_{たかお}へ　行_いきます。
　　B：飛行機_{ひこうき}で　行_いきますか。
　　A：いいえ、高速鉄道_{こうそくてつどう}で　行_いきます。
　　B：一人_{ひとり}で　行_いきますか。
　　A：いいえ、友達_{ともだち}と　行_いきます。

　　　　例_{れい}）高雄_{たかお}／飛行機_{ひこうき}／高速鉄道_{こうそくてつどう}
　　　　　1）台中_{たいちゅう}／高速鉄道_{こうそくてつどう}／バス
　　　　　2）花蓮_{かれん}／電車_{でんしゃ}／飛行機_{ひこうき}
　　　　　3）嘉義_{かぎ}／バス／高速鉄道_{こうそくてつどう}

2　A：すみません。きょうは　何月何日_{なんがつなんにち}ですか。

B：<ruby>3<rt>さんがつ</rt></ruby><ruby>月5日<rt>いつか</rt></ruby>です。

A：<ruby>何曜日<rt>なんようび</rt></ruby>ですか。

B：<ruby>火曜日<rt>かようび</rt></ruby>です。

A：そうですか。どうも。

<ruby>例<rt>れい</rt></ruby>）<ruby>3月6日<rt>さんがつ むいか</rt></ruby>／<ruby>火曜日<rt>かようび</rt></ruby>

　1）<ruby>4月2日<rt>し がつ ふつか</rt></ruby>／<ruby>日曜日<rt>にちようび</rt></ruby>

　2）<ruby>9月20日<rt>く がつ はつか</rt></ruby>／<ruby>金曜日<rt>きんようび</rt></ruby>

　3）<ruby>10月12日<rt>じゅうがつじゅうににち</rt></ruby>／<ruby>月曜日<rt>げつようび</rt></ruby>

<ruby>文字<rt>もじ</rt></ruby>・<ruby>語彙問題<rt>ごい もんだい</rt></ruby>

1．<ruby>正<rt>ただ</rt></ruby>しいものを<ruby>選<rt>えら</rt></ruby>びなさい。〈請選擇正確的答案。〉

<ruby>例<rt>れい</rt></ruby>：切手　　　　　　　　　　　　　　　　　答案：〈3〉

1　きて　　　　　2　きつて　　　　3　きって　　　　4　きっと

① 電車

1　てんしゃ　　　2　でんしゃ　　　3　てんしょ　　　4　でんしょ

② 友達

1　ともたつ　　　2　ともだつ　　　3　ともたち　　　4　ともだち

③ 田舎

1　いなか　　　　2　おなか　　　　3　たなか　　　　4　よなか

④ 去年

1　きゅうねん　　2　きゅねん　　　3　きょうねん　　4　きょねん

2．<ruby>正<rt>ただ</rt></ruby>しいものを<ruby>選<rt>えら</rt></ruby>びなさい。〈請選擇正確的答案。〉

<ruby>例<rt>れい</rt></ruby>：蘋果　　　　　　　　　　　　　　　　　答案：〈3〉

1　りんこ　　　　2　れんこ　　　　3　りんご　　　　4　れんご

① 飛機

1　はこうき　　　2　はこうし　　　3　ひこうき　　　4　ひこうし

② 巴士

| 1 ボス | 2 ホス | 3 ハス | 4 バス |

③　上個月

| 1 せんがつ | 2 せんげつ | 3 せんつき | 4 せんづき |

④　九月

| 1 きゅうがつ | 2 きゅうげつ | 3 くがつ | 4 くげつ |

聴解問題

CD 07-05〜07-10　録音内容請見第139頁

1. 例：7月に　帰ります。／8月に　帰ります。

　　①　＿＿＿＿＿＿＿＿＿＿＿＿＿＿＿＿＿＿＿＿＿＿

　　②　＿＿＿＿＿＿＿＿＿＿＿＿＿＿＿＿＿＿＿＿＿＿

　　③　＿＿＿＿＿＿＿＿＿＿＿＿＿＿＿＿＿＿＿＿＿＿

　　④　＿＿＿＿＿＿＿＿＿＿＿＿＿＿＿＿＿＿＿＿＿＿

　　⑤　＿＿＿＿＿＿＿＿＿＿＿＿＿＿＿＿＿＿＿＿＿＿

CD 07-11〜07-15　録音内容請見第140頁

2. 内容が正しければ、（　　）に「○」を、正しくなければ「×」を入れなさい。〈請聽錄音内容的敘述，正確的請畫○，錯誤的請畫×。〉

　　①（　　）②（　　）③（　　）④（　　）⑤（　　）

第8課　いっしょに　花見を　しませんか

生字　CD 08-01

のみます	飲みます	〔他五〕喝
かいます	買います	〔他五〕買
たべます	食べます	〔他下一〕吃
します		〔他サ〕做
あいます	会います	〔自五〕見面
ききます	聞きます	〔他五〕聽
みます	見ます	〔他上一〕看
おちゃ	お茶	〔名〕茶
しんぶん	新聞	〔名〕報紙
コンビニ	convenience store	〔名〕便利商店
テニス	tennis	〔名〕網球
ぎゅうにゅう	牛乳	〔名〕鮮奶
さとう	砂糖	〔名〕砂糖
おんがく・おんがく	音楽	〔名〕音樂
パン	pão	〔名〕麵包
たまご・たまご	卵；玉子	〔名〕蛋；雞蛋
えいが・えいが	映画	〔名〕電影
ごはん	御飯	〔名〕飯
けさ	今朝	〔名〕今天早上
いっしょに	一緒に	〔副〕一起
ええ		〔感動〕是

会話　CD 08-02

はなみ	花見	〔名〕賞花
また	又	〔副〕再

70

文型 （ぶんけい） CD 08-03

1 わたしは　毎日（まいにち）　お茶（ちゃ）を　飲（の）みます。

2 わたしは　コンビニで　新聞（しんぶん）を　買（か）いました。

3 わたしは　けさ　何（なに）も　食（た）べませんでした。

4 日曜日（にちようび）　いっしょに　テニスを　しませんか。

5 11時（じゅういちじ）に　デパートの　前（まえ）で　会（あ）いましょう。

会話 （かいわ） CD 08-04

いっしょに　花見（はなみ）を　しませんか

謝（しゃ）　：木村（きむら）さん。

木村（きむら）：何（なん）ですか。

謝（しゃ）　：あした　友達（ともだち）と　花見（はなみ）を　します。

　　　　木村（きむら）さんも　いっしょに　行（い）きませんか。

木村（きむら）：いいですね。どこへ　行（い）きますか。

謝（しゃ）　：陽明山（ようめいざん）です。

木村（きむら）：何時（なんじ）ですか。

謝（しゃ）　：9時（くじ）に　台北駅（タイペイえき）で　会（あ）いましょう。

木村（きむら）：わかりました。

謝（しゃ）　：じゃあ、また　あした。

練習 I

1 わたしは　毎朝　牛乳を　飲みます。

　わたしは　毎朝　新聞を　読みます。

　わたしは　毎晩　音楽を　聞きます。

　わたしは　あした　友達に　会います。

　［あなたは］　あした　何を　しますか。

2 わたしは　スーパーで　野菜を　買いました。

　わたしは　うちで　パンと　たまごを　食べました。

　わたしは　会社で　新聞を　読みました。

　［あなたは］　どこで　映画を　見ましたか。

3 きのう　デパートで　何か　買いましたか。

　はい、買いました。／いいえ、何も　買いませんでした。

　何を　買いましたか。

　けさ　何か　飲みましたか。

　はい、飲みました。／いいえ、何も　飲みませんでした。

　何を　飲みましたか。

4 行きます　　⇒　　行きませんか　　⇒　　行きましょう

　休みます　　⇒　　休みませんか　　⇒　　休みましょう

　見ます　　　⇒　　見ませんか　　　⇒　　見ましょう

　食べます　　⇒　　食べませんか　　⇒　　食べましょう

　します　　　⇒　　しませんか　　　⇒　　しましょう

5 いっしょに　ごはんを　食べませんか。　⇒　ええ、食べましょう。

　いっしょに　お茶を　飲みませんか。　⇒　　ええ、飲みましょう。

　いっしょに　映画を　見ませんか。　⇒　　ええ、見ましょう。

　いっしょに　陽明山へ　行きませんか。　⇒　ええ、行きましょう。

練習 II

1 例 謝さんは 一人（ で ） 田舎（ へ ） 帰りました。

① わたしは きのう 駅（ ） 友達（ ） 会いました。

② わたしは 日曜日 林さん（ ） 映画（ ） 見ました。

③ わたしは 毎日 コンビニ（ ） 新聞（ ） 買います。

④ わたしは けさ パン（ ） たまご（ ） 食べました。

⑤ 昼休み（ ） 会社（ ） 本（ ） 読みました。

2 例 きのう／だれ／帰りました／か／と

→ きのう だれと 帰りましたか。

① けさ／魚／食べました／野菜／を／と

→ けさ＿＿＿＿＿＿＿＿＿＿＿＿＿＿＿＿＿＿＿。

② 毎晩／読みます／の／本／を／日本語

→ 毎晩＿＿＿＿＿＿＿＿＿＿＿＿＿＿＿＿＿＿。

③ 日曜日／スーパー／買いました／牛乳／で／を

→ 日曜日＿＿＿＿＿＿＿＿＿＿＿＿＿＿＿＿＿。

④ 土曜日／謝さん／を／映画／と／見ました

→ 土曜日＿＿＿＿＿＿＿＿＿＿＿＿＿＿＿＿＿。

⑤ あした／7時／デパート／前／の／会いましょう／に／で

→ あした＿＿＿＿＿＿＿＿＿＿＿＿＿＿＿＿＿。

3 例 （ いつ ） 田舎へ 帰りますか。—来月 帰ります。

① あした （ ）で 会いますか。—駅の 前で 会います。

② スーパーで （ ）を 買いましたか。—肉を 買いました。

③ きのう （ ）に 会いましたか。—謝さんに 会いました。

④ けさ （ ）か 食べましたか。

　　—いいえ、（ ）も 食べませんでした。

⑤ （ ）と 映画を 見ますか。—陳さんと 見ます。

4 例：昨天搭公車回家。 → きのう バスで うちへ 帰りました。

① 我每天在家裡看報紙。

→ _____。

② 我今天早上吃了麵包和雞蛋。

→ _____。

③ 我昨天在超市買了鮮奶和糖。

→ _____。

④ 我昨天在百貨公司前面跟林小姐見面。

→ _____。

⑤ 你今天早上有沒有吃什麼東西？

→ _____。

⑥ 星期天要不要一起去陽明山？

→ _____。

練習Ⅲ

1　A：土曜日　何を　しましたか。
　　B：映画を　見ました。それから　晩ごはんを　食べました。
　　　　木村さんは？
　　A：わたしは　台中へ　行きました。
　　　　例）映画を　見ます／晩ごはんを　食べます
　　　　　1）うちで　勉強します／友達に　会います
　　　　　2）本を　読みます／スーパーへ　行きます
　　　　　3）音楽を　聞きます／日本語を　勉強します

2　A：あした　いっしょに　デパートへ　行きませんか。
　　B：ええ、いいですね。
　　A：じゃ、１時に　デパートの　前で　会いましょう。
　　B：わかりました。

例）デパートへ　行きます／デパートの　前
1）映画を　見ます／西門町
2）ごはんを　食べます／デパートの　前
3）お茶を　飲みます／台北駅

文字・語彙問題

1. 正しいものを選びなさい。〈請選擇正確的答案。〉

例：電車　　　　　　　　　　　　　　　　　答案：〈2〉
1　てんしゃ　　2　でんしゃ　　3　てんしょ　　4　でんしょ

①　新聞
1　しんふん　　2　じんふん　　3　しんぶん　　4　じんぶん

②　牛乳
1　きゅうにゅう　2　ぎゅうにゅう　3　きょうにょう　4　ぎょうにょう

③　音楽
1　おんかく　　2　おんがく　　3　おんきく　　4　おんぎく

④　買います
1　あいます　　2　いいます　　3　かいます　　4　まいます

2. 正しいものを選びなさい。〈請選擇正確的答案。〉

例：巴士　　　　　　　　　　　　　　　　　答案：〈4〉
1　ボス　　　2　ホス　　　3　ハス　　　4　バス

①　電影
1　かいか　　2　かいが　　3　えいか　　4　えいが

②　飯
1　こはん　　2　ごはん　　3　こばん　　4　ごばん

③　便利商店
1　コンヒニ　　2　ゴンヒニ　　3　コンビニ　　4　ゴンビニ

④　雞蛋

1 たまこ　　　　2 たまご　　　　3 たはこ　　　　4 たばこ

<ruby>聴解問題<rt>ちょうかいもんだい</rt></ruby>

CD 08-05〜08-10　録音內容請見第142頁

1. 例：はい、<ruby>食<rt>た</rt></ruby>べました。／いいえ、<ruby>食<rt>た</rt></ruby>べませんでした。

　　① _____

　　② _____

　　③ _____

　　④ _____

　　⑤ _____

CD 08-11〜08-15　録音內容請見第143頁

2. <ruby>内容<rt>ないよう</rt></ruby>が<ruby>正<rt>ただ</rt></ruby>しければ、（　　）に「○」を、<ruby>正<rt>ただ</rt></ruby>しくなければ「×」を<ruby>入<rt>い</rt></ruby>れなさい。〈請聽錄音內容的敘述，正確的請畫○，錯誤的請畫×。〉

　　① （　　）　② （　　）　③ （　　）　④ （　　）　⑤ （　　）

第9課　わたしは 母に プレゼントを あげました

生字 CD 09-01

あげます	（上げます）	〔他下一〕給
かきます	書きます	〔他五〕寫
かけます		〔他下一〕打（電話）
もらいます		〔他五〕收到；得到
くれます		〔他下一〕給（我或我方的人）
おしえます	教えます	〔他下一〕教
ならいます	習います	〔他五〕學習
かします	貸します	〔他五〕借出
かります	借ります	〔他上一〕借來；借入
プレゼント	present	〔名〕禮物
おかね	お金	〔名〕錢
ひるごはん	昼御飯	〔名〕午飯
はし	箸	〔名〕筷子
て	手	〔名〕手
ナイフ	knife	〔名〕小刀
フォーク	fork	〔名〕叉子
インドじん	India人	〔名〕印度人
アメリカじん	America人	〔名〕美國人
レポート	report	〔名〕報告書
シャツ	shirt	〔名〕襯衫
ネクタイ	necktie	〔名〕領帶
てがみ	手紙	〔名〕信
けさ	今朝	〔名〕今天早上
これから		〔名〕從現在起
もう		〔副〕已經
まだ		〔副〕還沒

会話 CD 09-02

いいます	言います	〔他五〕說
はは の ひ	母の日	〔名〕母親節
おいわい	お祝い	〔名〕祝賀
レストラン	restaurant	〔名〕餐廳
たくさん	沢山	〔副〕很多

文型 CD 09-03

1　わたしは　パソコンで　手紙を　書きます。
2　わたしは　家族に　電話を　かけました。
3　わたしは　母に　花を　あげました。
4　わたしは　何さんに（から）　プレゼントを　もらいました。
5　父は　わたしに　お金を　くれました。
6　わたしは　もう　昼ごはんを　食べました。

会話 CD 09-04

母の日

何　：松下さん、来週の　日曜日は　母の　日ですね。
　　　お母さんに　何か　あげますか。
松下：日本では　花を　あげました。
　　　今年は　電話で　お祝いを　言います。
　　　何さんは？
何　：わたしは　お金を　あげます。
　　　それから　夜　家族で　レストランへ　行きます。
松下：いいですね。
何　：毎年　そうです。
　　　母は　その日に　お金を
　　　たくさん　もらいます。

練習 I

1　日本人は　はしで　ごはんを　食べます。

　　インド人は　手で　ごはんを　食べます。

　　アメリカ人は　ナイフと　フォークで　ごはんを　食べます。

2　わたしは　日本語で　レポートを　書きました。

　　わたしは　中国語で　電話を　かけました。

　　わたしは　テレビで　日本語を　勉強しました。

3　「さようなら」は　英語で　「goodbye」です。

　　「ありがとう」は　台湾語で　「多謝」です。

　　「こんばんは」は　中国語で　何ですか。

4　わたしは　母に　手紙を　書きました。

　　吉田先生は　学生に　日本語を　教えます。

　　わたしは　吉田先生に　日本語を　習いました。

　　わたしは　友達に　お金を　貸しました。

　　友達は　わたしに　お金を　借りました。

5　わたしは　母に　お金を　あげました。

　　王さんは　張さんに　花を　あげました。

　　あなたは　だれに　プレゼントを　あげましたか。

6　わたしは　父に（から）　お金を　もらいました。

　　張さんは　王さんに（から）　花を　もらいました。

　　あなたは　だれに（から）　プレゼントを　もらいましたか。

7　父は　わたしに　お金を　くれました。

　　王さんは　わたしに　花を　くれました。

　　吉田さんは　あなたに　何を　くれましたか。

8　もう　ごはんを　食べましたか。　　⇒　　はい、食べました。

　　もう　レポートを　書きましたか。　⇒　　いいえ、まだです。

　　吉田さんは　もう　寝ましたか。　　⇒　　はい、寝ました。

　　張さんは　もう　帰りましたか。　　⇒　　いいえ、まだです。

練習II

1 例 日曜日 張さん（ と ） 映画（ を ） 見ました。

① 台湾人は はし（ ） ごはん（ ） 食べます。

② 王さんは 日本語（ ） レポート（ ） 書きました。

③ わたしは 毎日 家族（ ） 電話（ ） かけます。

④ 吉田さんは 友達（ ） 日本語（ ） 教えました。

⑤ わたしは 母（ ） 花（ ） あげました。

2 例 けさ／魚／食べました／野菜／を／と

→ けさ 魚と 野菜を 食べました。

① インド人／で／食べます／手／を／は／ごはん

→ インド人＿＿＿＿＿＿＿＿＿＿＿＿＿＿＿＿＿＿＿＿＿＿＿。

② 中国語／書きます／で／レポート／を

→ 中国語＿＿＿＿＿＿＿＿＿＿＿＿＿＿＿＿＿＿＿＿＿＿＿。

③ わたし／中国語／習いました／黄先生／を／は／に

→ わたし＿＿＿＿＿＿＿＿＿＿＿＿＿＿＿＿＿＿＿＿＿＿＿。

④ 母の日／あげました／を／お金／に／母／に

→ 母の日＿＿＿＿＿＿＿＿＿＿＿＿＿＿＿＿＿＿＿＿＿＿＿。

⑤ わたし／から／を／もらいました／陳さん／花／は

→ わたし＿＿＿＿＿＿＿＿＿＿＿＿＿＿＿＿＿＿＿＿＿＿＿。

3 例 （ だれ ）と 映画を 見ますか。―謝さんと 見ます。

① （ ）で 手紙を 書きますか。―ボールペンで 書きます。

② お母さんに （ ） あげましたか。―1万元 あげました。

③ （ ）に 花を もらいましたか。―張さんに もらいました。

④ 誕生日に （ ）か もらいましたか。

　―いいえ、（ ）も もらいませんでした。

⑤ （ ）に 日本語を 習いましたか。

―吉田先生に　習いました。

4 例：我每天在家裡看報紙。
　→ わたしは　毎日　うちで　新聞を　読みます。

① 我昨天用日語打電話。
→ ＿＿＿＿＿＿＿＿＿＿＿＿＿＿＿＿＿＿＿＿＿＿＿＿＿＿。

② 我昨天用原子筆寫信。
→ ＿＿＿＿＿＿＿＿＿＿＿＿＿＿＿＿＿＿＿＿＿＿＿＿＿＿。

③ 我昨天向謝同學借了辭典。
→ ＿＿＿＿＿＿＿＿＿＿＿＿＿＿＿＿＿＿＿＿＿＿＿＿＿＿。

④ 我要送花給張小姐。（用「あげます」回答）
→ ＿＿＿＿＿＿＿＿＿＿＿＿＿＿＿＿＿＿＿＿＿＿＿＿＿＿。

⑤ 我從林小姐那裡收到了一本書。
→ ＿＿＿＿＿＿＿＿＿＿＿＿＿＿＿＿＿＿＿＿＿＿＿＿＿＿。

⑥ 江先生送給我禮物。（用「くれます」回答）
→ ＿＿＿＿＿＿＿＿＿＿＿＿＿＿＿＿＿＿＿＿＿＿＿＿＿＿。

⑦ 你已經吃過午飯了嗎？
→ ＿＿＿＿＿＿＿＿＿＿＿＿＿＿＿＿＿＿＿＿＿＿＿＿＿＿。

練習Ⅲ

1　謝　：吉田さん、これは　日本語で　何ですか。
　　吉田：「フォーク」です。
　　謝　：「フォーク」ですか。
　　吉田：ええ、そうです。
　　　　　例）フォーク　　1）ナイフ　　2）ネクタイ　　3）手紙

2　何　：木村さん、いい　かばんですね。
　　木村：ありがとう　ございます。誕生日に　姉に　もらいました。

何_か ： いいですね。

例_{れい}） かばん／姉_{あね}

1） シャツ／友達_{ともだち}

2） ネクタイ／母_{はは}

3） 辞書_{じしょ}／兄_{あに}

3　A：もう　CDを　聞_ききましたか。

B：いいえ、まだです。これから　聞_ききます。

A：じゃ、いっしょに　聞_ききましょう。

例_{れい}） CDを　聞_ききます

1） 昼_{ひる}ごはんを　食_たべます

2） スーパーへ　行_いきます

3） お茶_{ちゃ}を　飲_のみます

文字_{もじ}・語彙問題_{ごいもんだい}

1. 正_{ただ}しいものを選_{えら}びなさい。〈請選擇正確的答案。〉

例_{れい}：音楽　　　　　　　　　　　　　　　　答案：〈2〉

1　おんかく　　　2　おんがく　　　3　おんきく　　　4　おんぎく

① 書きます

1　いきます　　　2　かきます　　　3　ききます　　　4　さきます

② 習います

1　あいます　　　2　かいます　　　3　ならいます　　　4　もらいます

③ お金

1　おじん　　　2　おぎん　　　3　おきん　　　4　おかね

④ 御飯

1　こはん　　　2　ごはん　　　3　こばん　　　4　ごばん

2. 正しいものを選びなさい。〈請選擇正確的答案。〉

例：便利商店　　　　　　　　　　　　　　　　　　答案：〈3〉

1　コンヒニ　　　2　ゴンヒニ　　　3　コンビニ　　　4　ゴンビニ

① 領帶

1　ネクタイ　　　2　ネグタイ　　　3　ネクダイ　　　4　ネダタイ

② 襯衫

1　シャス　　　　2　シャツ　　　　3　ショス　　　　4　ショツ

③ 筷子

1　あし　　　　　2　かし　　　　　3　たし　　　　　4　はし

④ 禮物

1　フレセント　　2　ブレゼント　　3　プレセント　　4　プレゼント

聴解問題

(CD) 09-05～09-10　錄音內容請見第145頁

1. 例：肉を　買いました。／たまごを　買いました。

① _____

② _____

③ _____

④ _____

⑤ _____

(CD) 09-11～09-15　錄音內容請見第146頁

2. 内容が正しければ、（　　）に「○」を、正しくなければ「×」を入れなさい。〈請聽錄音内容的敘述，正確的請畫○，錯誤的請畫×。〉

① （　　） ② （　　） ③ （　　） ④ （　　） ⑤ （　　）

第10課　わたしの　うちは　近いです

生字 CD 10-01

やすい	安い	〔形〕便宜的
たかい	高い	〔形〕貴的；高的
ひろい	広い	〔形〕寬廣的
せまい	狭い	〔形〕狹窄的
いそがしい	忙しい	〔形〕忙碌
おもしろい	面白い	〔形〕有趣的
おおきい	大きい	〔形〕大的
ちいさい	小さい	〔形〕小的
かるい・かるい	軽い	〔形〕輕的
おもい・おもい	重い	〔形〕重的
あたらしい	新しい	〔形〕新的
ふるい	古い	〔形〕舊的
あつい	暑い	〔形〕炎熱的
さむい	寒い	〔形〕寒冷的
おいしい		〔形〕好吃的；美味的
まずい		〔形〕難吃的
むずかしい	難しい	〔形〕難的
つめたい	冷たい	〔形〕冰的
あかい	赤い	〔形〕紅色的
しろい	白い	〔形〕白的
げんき	元気	〔形動〕身體好；健康
～が、～		〔接〕～但是，～
そして		〔接〕而且、還有
ふじさん	富士山	〔名〕富士山
しごと	仕事	〔名〕工作
くつ	靴	〔名〕鞋子
たべもの・たべもの	食べ物	〔名〕食物

ビデオ	video	〔名〕錄影機；錄影帶
とても		〔副〕很；非常
あまり		〔副〕不太～；不很～
おげんきですか	お元気ですか	〔慣用〕你好嗎？
どうですか		〔慣用〕怎樣呢？如何呢？
おかげさまで		〔慣用〕託你的福

会話 CD 10-02

ちかい	近い	〔形〕近的
べんり	便利	〔形動〕方便的
りょう	寮	〔名〕宿舍

文型（ぶんけい） CD 10-03

1 この　パソコンは　安（やす）いです。

2 朱（しゅ）さんの　部屋（へや）は　広（ひろ）くないです。／広（ひろ）く　ありません。

3 富士山（ふじさん）は　高（たか）い　山（やま）です。

4 お仕事（しごと）は　どうですか。

　　―忙（いそが）しいですが、おもしろいです。

5 朱（しゅ）さんの　かばんは　どれですか。

　　―あの　赤（あか）い　かばんです。

6 大（おお）きい　テレビを　買（か）いました。

会話（かいわ） CD 10-04

学校（がっこう）から　近（ちか）いです

高（こう）　：北村（きたむら）さんの　うちは　台北（タイペイ）ですね。

北村（きたむら）：ええ、学校（がっこう）の　寮（りょう）です。

高（こう）　：学校（がっこう）から　近（ちか）いですか。

北村（きたむら）：ええ、学校（がっこう）から　寮（りょう）まで　歩（ある）いて　5分（ごふん）ぐらい　です。

高（こう）　：それは　便利（べんり）ですね。部屋（へや）は　広（ひろ）いですか。

北村（きたむら）：ええ、広（ひろ）いです。

高（こう）　：ああ、いいですね。わたしの

　　　　　うちは　狭（せま）いですよ。

練習 I

1 この パソコンは 高いです。／安いです。

　この パソコンは 軽いです。／重いです。

　この パソコンは 新しいです。／古いです。

2 この 部屋は 広くないです。／広く ありません。

　この パソコンは 安くないです。／安く ありません。

　わたしの うちは 近くないです。／近く ありません。

　この 辞書は よくないです。／よく ありません。

3 日本の 靴は 高いですか。―はい、とても 高いです。

　台湾の 食べ物は おいしいですか。―はい、とても おいしいです。

　台湾は 今 暑いですか。―いいえ、あまり 暑くないです。

　北海道は 寒いですか。―はい、とても 寒いです。

4 玉山は 高い 山です。

　台南は 古い 町です。

　これは いい 本です。

5 学校の 食堂は 安いですが、まずいです。

　日本語は 難しいですが、おもしろいです。

　高さんの うちは 新しいです。そして 大きいです。

　台湾の 食べ物は おいしいです。そして 安いです。

6 冷たい 牛乳を 飲みました。

　大きい かばんを 買いました。

　新しい ビデオを 借りました。

　友達に 古い 本を もらいました。

7 高さんの うちは どれですか。―あの 新しい うちです。

　張さんの かばんは どれですか。―この 赤い かばんです。

　北村さんの 靴は どれですか。―その 白い 靴です。

　先生の 車は どれですか。―あの 大きい 車です。

練習 II

1 例　わたしは　母（ に ）　花（ を ）　あげました。

① きのう　デパート（　　）　赤い　かばん（　　）　買いました。

② 張さんは　新しい　バイク（　　）　大学（　　）　行きます。

③ 日曜日　台北（　　）　おもしろい　映画（　　）　見ました。

④ 日本（　　）　食べ物は　おいしいです（　　）、高いです。

⑤ 友達（　　）　日本語（　　）　ビデオ（　　）　借りました。

2 例：中国語／書きます／で／レポート／を

→ 中国語で　レポートを　書きます。

① 高さん／うち／から／近いです／の／学校／は

→ 高さん＿＿＿＿＿＿＿＿＿＿＿＿＿＿＿＿＿＿＿＿＿＿。

② 先生は／で／新しい／学校／車／へ／行きます

→ 先生は＿＿＿＿＿＿＿＿＿＿＿＿＿＿＿＿＿＿＿＿。

③ 寮から／歩いて／まで／15分／学校／ぐらい／かかります

→ 寮から＿＿＿＿＿＿＿＿＿＿＿＿＿＿＿＿＿＿＿＿。

④ わたしは／本／借りました／謝さん／を／おもしろい／に

→ わたしは＿＿＿＿＿＿＿＿＿＿＿＿＿＿＿＿＿＿＿。

⑤ わたしは／に／を／あげました／王さん／花／赤い

→ わたしは＿＿＿＿＿＿＿＿＿＿＿＿＿＿＿＿＿＿＿。

3 例：（　だれ　）に　日本語を　習いましたか。

　　—木村先生に　習いました。

① 日本語は　（　　　　）ですか。—難しいですが、おもしろいです。

② 張さんの　かばんは　（　　　　）ですか。

　　—あの　大きい　かばんです。

③ （　　　）に　赤い　花を　あげましたか。—王さんに　あげました。

④ 誕生日に　（　　　　）か　もらいましたか。

—はい、新しい パソコンを もらいました。

⑤ 台湾の 食べ物は （　　　　） ですか。

　　—おいしいです。そして 安いです。

4 例：我昨天向謝同學借了辭典。

　　→ わたしは きのう 謝さんに 辞書を 借りました。

① 日本現在熱嗎？　不，不太熱。

→ _____。

② 我昨天買了新的辭典。

→ _____。

③ 我昨天看了部老片子。

→ _____。

④ 工作雖然忙，但是很有趣。

→ _____。

⑤ 台灣的車子很貴嗎？　是，非常貴。

→ _____。

練習III

1　A：お元気ですか。

　　B：はい、おかげさまで 元気です。

　　A：日本語の 勉強は どうですか。

　　B：そうですね。おもしろいですが、難しいです。

　　　　例）日本語の 勉強／おもしろい・難しい

　　　　　1）学校の 寮／安い・狭い

　　　　　2）日本の 食べ物／おいしい・高い

　　　　　3）お仕事／忙しい・おもしろい

2　A：すみません。あれは いくらですか。

B：どれですか。

A：あの　<ruby>赤<rt>あか</rt></ruby>い　かばんです。

B：8,000<ruby>円<rt>えん</rt></ruby>です。

<ruby>例<rt>れい</rt></ruby>）<ruby>赤<rt>あか</rt></ruby>い　かばん／8,000<ruby>円<rt>えん</rt></ruby>

1）<ruby>白<rt>しろ</rt></ruby>い　シャツ／4,000<ruby>円<rt>えん</rt></ruby>

2）<ruby>小<rt>ちい</rt></ruby>さい　<ruby>傘<rt>かさ</rt></ruby>／1,000<ruby>円<rt>えん</rt></ruby>

3）<ruby>大<rt>おお</rt></ruby>きい　<ruby>帽子<rt>ぼうし</rt></ruby>／6,000<ruby>円<rt>えん</rt></ruby>

<ruby>文字<rt>もじ</rt></ruby>・<ruby>語彙問題<rt>ごいもんだい</rt></ruby>

1. <ruby>正<rt>ただ</rt></ruby>しいものを<ruby>選<rt>えら</rt></ruby>びなさい。〈請選擇正確的答案。〉

<ruby>例<rt>れい</rt></ruby>：お金　　　　　　　　　　　　　　　　答案：〈4〉

1　おじん　　　2　おぎん　　　3　おきん　　　4　おかね

① 元気

1　けんき　　　2　けんぎ　　　3　げんき　　　4　げんぎ

② 軽い

1　からい　　　2　かるい　　　3　かろい　　　4　かれい

③ 安い

1　やさい　　　2　やしい　　　3　やすい　　　4　やせい

④ 広い

1　ひらい　　　2　ひりい　　　3　ひれい　　　4　ひろい

2. <ruby>正<rt>ただ</rt></ruby>しいものを<ruby>選<rt>えら</rt></ruby>びなさい。〈請選擇正確的答案。〉

<ruby>例<rt>れい</rt></ruby>：襯衫　　　　　　　　　　　　　　　　答案：〈2〉

1　シャス　　　2　シャツ　　　3　ショス　　　4　ショツ

① 有趣的

1　おもしらい　2　おもしりい　3　おもしれい　4　おもしろい

② 大的

1　おいきい　　2　おいけい　　3　おおきい　　4　おおけい

③　工作

1　しかと　　　　2　しかど　　　　3　しこと　　　　4　しごと

④　重的

1　おまい　　　　2　おめい　　　　3　おむい　　　　4　おもい

<ruby>聴解問題<rt>ちょうかいもんだい</rt></ruby>

CD 10-05～10-10　録音內容請見第148頁

1.　例：はい、<ruby>大<rt>おお</rt></ruby>きいです。／いいえ、<ruby>大<rt>おお</rt></ruby>きくないです。

①　_____

②　_____

③　_____

④　_____

⑤　_____

CD 10-11～10-15　録音內容請見第149頁

2.　<ruby>内容<rt>ないよう</rt></ruby>が<ruby>正<rt>ただ</rt></ruby>しければ、（　　）に「○」を、<ruby>正<rt>ただ</rt></ruby>しくなければ「×」を<ruby>入<rt>い</rt></ruby>れなさい。〈請聽錄音內容的敘述，正確的請畫○，錯誤的請畫×。〉

①（　　）　②（　　）　③（　　）　④（　　）　⑤（　　）

第1課　わたしは　黄です／
　　　　我是黃同學（黃小姐／黃先生）

文型

1　我是黃明秀。

2　李先生不是日本人。

3　黃小姐是學生嗎？

　　—是，我是學生。

　　—不，我不是學生。

4　陳先生也是學生。

5　阿野先生是日文老師。

會話　自己紹介／自我介紹

黃　：初次見面。我是黃（敝姓黃）。請指教。

阿野：初次見面。我是阿野（敝姓阿野）。我是從日本來的。請指教。

黃　：阿野先生，您是老師嗎？

阿野：是，我是日文老師。黃小姐，妳是學生嗎？

黃　：是，我是學生。

第2課　これは　日本語の　CDです／
這是日文的CD

文型

1　這是電子辭典。

2　那是我的雜誌。

3　那是日本製造的機車。

4　那是原子筆呢，還是自動鉛筆呢？

　　—是原子筆。／是自動鉛筆。

5　這把傘是你的嗎？

　　—是，是我的。／是，是的。

　　—不，不是我的。／不，不是。

　　—不，不是。

會話　それは　何の　CDですか／那是什麼的CD？

阿部：賴同學，那是什麼的CD呢？

賴　：是日文的CD。

阿部：是賴同學的CD嗎？

賴　：不，不是我的。

阿部：是誰的CD呢？

賴　：是黃同學的。

阿部：那把傘是誰的呢？

賴　：我不知道。

第3課　帽子売り場は　どこですか／
帽子的專櫃在哪裡？

文型

1　這裡是櫃台。

2　洗手間在那裡。

3　中村先生在那裡。

4　餐廳在哪邊呢？

5　這是日本製造的車子。

6　這台個人電腦是五萬日圓。

會話　この　帽子は　いくらですか／這頂帽子多少錢？

中村　：請問一下。

店員Ａ：是。

中村　：帽子的專櫃在哪裡？

店員Ａ：帽子的專櫃在四樓。

中村　：謝謝。

………………………………………………………………

店員Ｂ：歡迎光臨。

中村　：這頂帽子多少錢？

店員Ｂ：一萬五千日圓。

中村　：那麼，請給我這頂。

店員Ｂ：謝謝你。

第4課　肉は　野菜の　右に　あります／
肉放在蔬菜的右邊

文型

1　在那裡有超市。

2　在那裡有佐藤先生。

3　在火車站前面有飯店啦、百貨公司等等。

4　在公園裡是否有誰在？

　　―是，有人在。／不，沒有任何人在。

　　有誰在呢？

　　―有男孩和女孩在。

5　書店在火車站的附近。

6　山下先生在公司。

會話　肉は　どこに　ありますか／肉放在哪裡呢？

佐藤：請問一下。

店員：是，有什麼貴事？

佐藤：蔬菜放在哪裡呢？

店員：在那裡。

佐藤：肉放在哪裡呢？

店員：是肉嗎？肉放在蔬菜的右邊。

佐藤：放在蔬菜的右邊對嗎？謝謝。

第5課　日曜日　アルバイトします／
　　　　　星期天打工

文型

1　現在是八點十分鐘。

2　午休是從中午十二點到一點。

3　我早上六點起床。

4　我是從八點到四點半讀書。

5　今天是星期日。

6　我星期六打工了。

會話　日曜日　アルバイトします／星期天打工

吉田：黃同學，妳星期天要打工嗎？

黃　：是的，我要打工。

吉田：從幾點到幾點呢？

黃　：從早上九點到下午四點。

吉田：有午休嗎？

黃　：有，午休從十二點半到一點半。

吉田：打工很辛苦嗎？

黃　：不，不會辛苦。很輕鬆喔。

第6課　ノートを　2冊　ください／
請給我兩本筆記本

文型

1　在飯桌上有一個橘子。

2　在教室裡有三位學生。

3　太田先生有兩個孩子。

4　我哥哥二十六歲。

5　請給我三隻原子筆。

6　我每天工作八小時。

会話　ボールペンを　2本と　ノートを　2冊　ください／

請給我兩隻原子筆和兩本筆記本

周　　：對不起，請給我兩隻原子筆。

店員：好的，一隻十元。

周　　：然後請給我兩本這種筆記本。

店員：好的，一本二十元。

周　　：總共是多少錢？

店員：一共是六十元。

周　　：那麼，我用這個付錢。

店員：找您四十元，謝謝光臨。

第7課　わたしは　春休みに　田舎へ　帰りました／
我春假回故鄉了

文型

1　我明天要去學校。

2　我搭火車回家。

3　阿部老師跟家人來到台灣。

4　我下個月回故鄉。

5　江同學的生日是五月十一日。

6　從家裡到大學坐火車要花三十分鐘。

會話　春休みに　田舎へ　帰りました／春假時回故鄉了

江　：山本先生，春假時你是否有去哪裡呢？

山本：有啊，有出去。

江　：去哪裡了呢？

山本：坐高鐵去了高雄。

江　：不錯喔。

山本：江同學，那妳是否也有去了哪裡呢？

江　：有啊，我搭公車回故鄉。

山本：跟誰回去呢？

江　：跟爸爸媽媽一起回去。

山本：這樣啊。

第8課　いっしょに　花見を　しませんか／不一起賞花嗎？

文型

1　我每天喝茶。

2　我在便利商店買了報紙。

3　我今天早上什麼東西都沒吃。

4　星期天不一起打網球嗎？

5　十一點在百貨公司的前面碰面吧。

會話　いっしょに　花見を　しませんか／不一起賞花嗎？

謝　：木村先生。

木村：什麼事？

謝　：我明天要跟朋友一起去賞花。

　　　木村先生也一起去賞花好嗎？

木村：好啊。要去哪裡呢？

謝　：去陽明山。

木村：幾點呢？

謝　：我們九點鐘在台北車站碰面吧。

木村：瞭解。

謝　：那麼，明天見！

第9課　わたしは　母に　プレゼントを　あげました／
　　　　我送給媽媽禮物

文型

1　我用個人電腦寫信。

2　我打電話給家人。

3　我送花給媽媽。

4　我從何先生那裡收到禮物。

5　爸爸給我錢。

6　我已經吃過午飯了。

會話　母の日／母親節

何　　：松下先生，下星期天是母親節對吧？

　　　　你是否要送給你母親什麼東西呢？

松下：在日本，我是送花給媽媽。

　　　　今年是打電話跟媽媽祝賀。

　　　　何同學，妳呢？

何　　：我給媽媽錢，然後晚上我們全家人去餐廳。

松下：不錯喔。

何　　：每年都是如此，媽媽在當天會得到一大筆錢。

第10課　わたしの　うちは　近いです／
　　　　我家很近

文型

　1　這台個人電腦是便宜的。

　2　朱同學的房間不大。

　3　富士山是高的山。

　4　你的工作如何呢？

　　　—雖然很忙，但是很有趣。

　5　朱小姐的皮包是哪一個？

　　　—是那個紅色的皮包。

　6　我買了大型的電視機。

會話　学校から　近いです／離學校很近

　周　：北村先生的家在台北，對吧？

　北村：是的，我住在學校的宿舍。

　周　：離學校很近嗎？

　北村：是的，從宿舍到學校走路要花五分鐘左右。

　周　：那真是方便耶！　房間很大嗎？

　北村：是的，很大。

　周　：哇、不錯喔。我家很窄小！

文法說明

第1課

1. Aは　Bです

　　「は（wa）」是表示主題（主語）的助詞。在日語文法中稱「は」為「係助詞」，具有連接Ａ與Ｂ之間關係的功能，「Ａ」的部份稱為「主語」，而「Ｂ」的部份則稱為「述語」，表示在敘述Ａ為何物或何人時，或是用Ｂ來描述Ａ為何物或何人的情況。

　　「です」是助動詞「だ」的「鄭重體」，前面接名詞表示肯定。在日語裡，鄭重體是一個很重要的特色，一般說話時都是用鄭重體，尤其是跟不熟的人說話時，使用鄭重體較為恰當而禮貌，所以一般初學者都會先學鄭重體。因此當學習者想要說明或解釋「Ａ是Ｂ」的時候，就可以使用「Ａは　Bです」的句型。

　　（例句）：わたしは　阿野です。〈我是阿野。〉
　　　　　　　本間さんは　日本人です。〈本間先生是日本人。〉

2. Aは　Bでは（じゃ）　ありません

　　這個句型是「ＡはＢです」的否定句，而「じゃ」是「では」的口語用法，用於較不正式的場合。「では」讀做「でわ（dewa）」。

　　（例句）：わたしは　劉では（じゃ）　ありません。〈我不是劉。〉
　　　　　　　わたしは　日本人では（じゃ）　ありません。〈我不是日本人。〉

3. Aは　Bですか

　　這個句型是「Aは　Bです」的疑問句，使用於說話者想要詢問對方意見或問題時。「か」稱為「終助詞」，日語中將「か」加在句尾表示詢問或疑問，「句子＋か」就是表示「～嗎？」或是「～呢？」的意思。說話時，疑問句的句尾音調要提高。

　　（例句）：あなたは　阿部さんですか。〈你是阿部先生嗎？〉
　　　　　　　本間さんは　先生ですか。〈本間先生是老師嗎？〉

4. はい、Bです／いいえ、Bでは（じゃ）　ありません

　　這個句型是「Aは　Bですか」的回答句。表示贊同時，用肯定句「はい、Bです」；相反地，如果表示不贊同時，則用否定句「いいえ、Bでは（じゃ）　ありません」。在此，「はい」和「いいえ」是答話者對詢問者的問話示意贊成與否的「感嘆詞」。即中文「是」與「不是」的意思。

〔例句〕：あなたは　学生ですか。〈你是學生嗎？〉

　　　　　　—はい、［わたしは］　学生です。〈是，我是學生。〉

　　　　　　—いいえ、［わたしは］　学生では（じゃ）　ありません。

　　　　　　〈不，我不是學生。〉

5. Aも（Bも）　Cです

　　「も」是「係助詞」，相當於中文「也」的意思，用來陳述同類的事物。而「AもBもCです」的句型是用來表示並列敘述相同的事物之意。

〔例句〕：阿野さんは　日本人です。吉田さんも　日本人です。

　　　　　　〈阿野先生是日本人。吉田先生也是日本人。〉

　　　　　　陳さんも　黄さんも　学生です。〈陳先生和黃先生都是學生。〉

6. Aは　～の　Bです

　　這個句型其實和「Aは　Bです」是相同的，只是用「名詞＋の＋名詞」的形式取代了B而已。　「の」是「格助詞」，此時是表示所屬的助詞，相當於中文「的」的意思，而「名詞＋の＋名詞」則表示用前面的名詞來詳細說明後面的名詞，以縮小說明的範圍，也就是「～的～」的意思。

〔例句〕：陳さんは　桃園大学の　学生です。〈陳先生是桃園大學的學生。〉

　　　　　　李さんは　台湾電子の　社員です。〈李先生是台灣電子的員工。〉

第2課

1. 指示代名詞

⑴これ・それ・あれ　〈這、那、那〉

「これ」：指離說話者較近的事物（近稱）。

「それ」：指離聽話者較近的事物（中稱）。

「あれ」：指離說話者及聽話者都遠，或甚至不在現場的事物（遠稱）。

〔例句〕：これは　本です。〈這是書。〉

それは　辞書です。〈那是辭典。〉

あれは　わたしの　傘です。〈那是我的雨傘。〉

⑵この・その・あの　〈這個、那個、那個〉

「この」：指離說話者較近的事物（近距離）。

「その」：指離聽話者較近的事物（中距離）。

「あの」：指離說話者及聽話者都遠，或甚至不在現場的事物（遠距離）。

而由於「この」「その」「あの」是「連體詞」，所以後面一定要接續名詞。而「これ」「それ」「あれ」後面則不能接續名詞。

〔例句〕：この　本は　わたしのです。〈這本書是我的。〉

その　バイクは　陳さんのです。〈那台機車是陳先生的。〉

あの　人は　日本人です。〈那個人是日本人。〉

2. Aは　Bですか、Cですか

以雙重疑問句的方式，表示希望對方從兩者中選擇其一時的問句。回答的時候，不需要答「はい」或「いいえ」，而是直接回答所選擇的項目。

〔例句〕：それは　テレビですか、パソコンですか。

〈那是電視機，還是個人電腦？〉

―［これは］　テレビです。〈這是電視機。〉

〔例句〕：あの　人は　日本人ですか、台湾人ですか。

〈那個人是日本人，還是台灣人？〉

― [あの　人は]　日本人です。〈那個人是日本人。〉

3.　Aは　Bのです

「の」為「格助詞」，表示所有、所屬的意思，而此時的「の」意思相當於「のもの」，也就是「B的東西」的意思。

〔例句〕：この　本は　陳さんのです。〈這本書是陳先生的。〉

　　　　　あの　バイクは　わたしのです。〈那台機車是我的。〉

4.　はい、そうです／いいえ、そうでは（じゃ）　ありません／いいえ、ちがいます

當對對方的詢問表示贊同、肯定時，用「はい、そうです」；相反地，當對對方的詢問表示不贊同、否定時，則使用「いいえ、そうでは（じゃ）ありません／いいえ、ちがいます」。

〔例句〕：それは　あなたの　辞書ですか。〈那是你的辭典嗎？〉

　　　　　―はい、そうです。〈是，是的。〉

　　　　　―いいえ、そうでは（じゃ）　ありません。〈不，不是。〉

　　　　　―いいえ、ちがいます。〈不，不是。〉

第3課

1. 指示代名詞

⑴ここ・そこ・あそこ・どこ　〈這裡、那裡、那裡、哪裡〉

「ここ」：指離說話者較近的場所（近距離）。

「そこ」：指離聽話者較近的場所（中距離）。

「あそこ」：指離說話者及聽話者較遠的場所（遠距離）。

「どこ」：表示「哪裡」的意思，用於詢問某地點、場所時，表疑問（不定稱）。

　基本上「ここ」「そこ」「あそこ」和「これ」「それ」「あれ」的距離概念是相同的。

〔例句〕：ここは　教室<ruby>教室<rt>きょうしつ</rt></ruby>です。〈這裡是教室。〉

　　　　　そこは　受付<ruby>受付<rt>うけつけ</rt></ruby>です。〈那裡是櫃台。〉

　　　　　あそこは　銀行<ruby>銀行<rt>ぎんこう</rt></ruby>です。〈那裡是銀行。〉

　　　　　トイレは　どこですか。〈洗手間在哪裡？〉

　　　　　林<ruby>林<rt>りん</rt></ruby>さんは　どこですか。〈林先生在哪裡？〉

⑵こちら・そちら・あちら・どちら　〈這邊、那邊、那邊、哪邊〉

「こちら」：指離說話者較近的場所（近距離）或方向。

「そちら」：指離聽話者較近的場所（中距離）或方向。

「あちら」：指離說話者及聽話者較遠的場所（遠距離）或方向。

　其距離概念也和「これ」「それ」「あれ」相同。

「どちら」：表示「哪邊」的意思，表示詢問某不特定的場所或方向時的疑問詞（不定稱），此外，⑵也是⑴的鄭重語。

〔例句〕：こちらは　食堂<ruby>食堂<rt>しょくどう</rt></ruby>です。〈這邊是餐廳。〉

　　　　　そちらは　トイレです。〈那邊是洗手間。〉

　　　　　あちらは　先生<ruby>先生<rt>せんせい</rt></ruby>の　部屋<ruby>部屋<rt>へや</rt></ruby>です。〈那邊是老師的辦公室。〉

　　　　　受付<ruby>受付<rt>うけつけ</rt></ruby>は　どちらですか。〈櫃台在哪裡？〉

　　　　　お国<ruby>国<rt>くに</rt></ruby>は　どちらですか。〈您的國家是哪裡？〉

2. いくらですか

　　「いくら」是「名詞」，是用於詢問價格或數量的疑問詞。表示「多少錢」「多少」的意思。

（例句）：この　帽子(ぼうし)は　いくらですか。〈這頂帽子多少錢？〉

　　　　　　あの　テレビは　いくらですか。〈那台電視機多少錢？〉

3. ～を　ください

　　「を」為「格助詞」，表示他動詞的動作、作用的對象。「～を　ください」表示「請給我～」的意思，買東西時使用，表示「我要買～」的意思。

（例句）：手紙(てがみ)を　ください。〈請給我信。〉

　　　　　　じゃ、これを　ください。〈那麼，我要買這個。〉

第４課

1．Ａは　Ｂに　あります／います　（所在句）

　　「Ａは　Ｂに　あります」是所在句型，表示事物或人的所在的場所，意思和下面的「ＢにＡがあります」相同，只是此句型將主語的位置放在前面，並以「は」來表示主語即是主題。

（例句）：本は　机の　上に　あります。〈書在桌上。〉

　　　　　　野菜は　スーパーに　あります。〈蔬菜在超市裡。〉

　　　　　　犬は　公園に　います。〈狗在公園。〉

　　　　　　陳さんは　受付に　います。〈陳小姐在櫃台。〉

2．Ｂに　Ａが　あります／います　（存在句）

　　「に」為「格助詞」，表示事物或人存在的場所。「が」為「格助詞」，表示主語。「あります」「います」都是表示存在的狀態動詞，相當於中文「有」的意思。「Ｂに　Ａが　あります」是存在句型，用來表示無生命物及植物等的存在狀態。「Ｂに　Ａが　います」也是存在句型，表示人及動物等有生命物的存在狀態。

（例句）：机の　上に　本が　あります。〈桌上有書。〉

　　　　　　スーパーに　野菜が　あります。〈超市裡有蔬菜。〉

　　　　　　公園に　犬が　います。〈公園裡有狗。〉

　　　　　　受付に　陳さんが　います。〈櫃台有陳小姐。〉

3．～や　（や）　～／～や　（や）　～など

　　「や」為「格助詞」，在列舉事物時使用。不過使用「や」時，只是從眾多事物中舉出一部分的例子，而非全部列舉，可與下面的「～と～」做比較。

　　「など」為「副助詞」，在並列多數例子時，「など」應接續在最後一項例子之後。

（例句）：駅の　前に　ホテルや　デパートなどが　あります。

　　　　　　〈車站前面有飯店、百貨公司等建築物。〉

スーパーに　肉や　野菜などが　あります。

〈超市裡有肉、蔬菜之類的食物。〉

4. 〜と　〜（並立助詞）

「と」是在表示列舉事物時使用的「並立助詞」，和「や」的不同處在於，使用「と」時是表示舉出所有的例項，而使用「や」時是表示舉出部分例項並暗示還有其他例項。

〔例句〕：机の　上に　本と　ノートと　鉛筆が　あります。

〈桌上有書、筆記本和鉛筆。〉

教室に　林さんと　陳さんが　います。

〈教室裡有林同學和陳同學在。〉

5. なにか・なにが

「なにか」的「か」是「副助詞」，一般接續在像「なに」「だれ」之類的疑問詞之後，表示含有「不清楚」「不明確」的感覺。「なにか」通常在不明確知道某事物存在與否的情況下使用，因此「なにか　ありますか」即表示在不明確知道某事物存在或不存在時，提出「是不是有〜？」的詢問。

「なにが」是在說話者已經明確知道有東西存在，只是不知道那究竟是何物的情況下使用，因此「なにが　ありますか」即是表示說話者提出「有什麼？」的詢問。一般都會先問「なにか　ありますか」，等對方回答了「はい、あります」之後，再繼續問「なにが　ありますか」。

〔例句〕：かばんの　中に　何か　ありますか。

〈包包裡是不是有什麼東西？〉

―はい、あります。〈是，有的。〉
何が　ありますか。〈有什麼東西呢？〉
―本が　あります。〈有書。〉

〔例句〕：庭に　何か　いますか。〈院子裡是不是有什麼動物？〉

―はい、います。〈是，有的。〉

何が　いますか。〈有什麼動物呢？〉

―猫が　います。〈有貓。〉

6. なに・なん

「何」表示「什麼」的意思。如果後面接的是以「タ行」「ナ行」「ダ行」的音開頭的詞彙，那麼「何」就應發音成「なん」，反之，如果不屬前述的情況的話，那麼「何」就應發音成「なに」。　此外，當後面接續的詞彙為助數詞時，也發音成「なん」。

〔例句〕：それは　何ですか。〈那是什麼東西？〉

これは　日本語で　何と　言いますか。〈這個用日語怎麼說？〉

台湾電子は　何の　会社　ですか。〈台灣電子是什麼的公司呢？〉

林さんの　部屋に　何が　ありますか。

〈林先生的房間裡有什麼東西呢？〉

何歳ですが。〈幾歲呢？〉

何曜日ですか。〈星期幾呢？〉

第5課

1. ～から～まで

在「格助詞・から」之前接表示時間或場所的名詞，表示時間或場所的「起點」。在「副助詞・まで」之前接表示時間或場所的名詞，表示時間或場所的「終點」。

（例句）：4月から 6月まで 日本に います。

〈從4月到6月會待在日本。〉

うちから 駅まで 歩いて 10分 かかります。

〈從家裡到車站走路要花十分鐘。〉

2. に（格助詞）

在「格助詞・に」之前接表示時間的名詞，表示「動作的時間點」。

（例句）：わたしは 毎朝 6時に 起きます。〈我每天早上6點起床。〉

夜 11時に 寝ます。〈晚上11點就寢。〉

3. 今・きのう・きょう・あした

是表示時間的名詞，因為前面沒有接數字，所以後面不會接續「格助詞・に」。

（例句）：今 7時です。〈現在7點。〉

きのう 11時まで 勉強しました。〈昨天讀書讀到11點。〉

あした アルバイトします。〈明天要打工。〉

4. 勉強・アルバイト

「勉強」「アルバイト」是名詞，但在後面加上動詞「します」，就變成「動詞」。

第6課

1. 數詞

「1つ、2つ、……、10」是日本傳統和語的計算方式，相當於中文的「一個、兩個、……、十個」，但「11」以上的數字全採用漢語讀音。

例：1つ、2つ、3つ、4つ、5つ、6つ、7つ、8つ、9つ、10、11、12、……

2. 量詞

在數下面的物品，或表示物品的數量時，數字後面要接量詞。量詞因物品而異。

～人 人數
1人、2人、3人、4人、……、10人

～歳 年齡
1歳、2歳、3歳、4歳、…、10歳、11歳、…、20歳、…、30歳、…

～本 長的東西（筆、皮帶等）
1本、2本、3本、4本、5本、6本、7本、8本、9本、10本、……

～冊 書和筆記本
1冊、2冊、3冊、4冊、5冊、6冊、7冊、8冊、9冊、10冊、……

～台 機器、交通工具等（電腦、機車等）
1台、2台、3台、4台、5台、6台、7台、8台、9台、10台、……

～匹 小動物（貓、狗等）
1匹、2匹、3匹、4匹、5匹、6匹、7匹、8匹、9匹、10匹、……

～枚 薄或扁平的東西（紙張、郵票、襯衫等）
1枚、2枚、3枚、4枚、5枚、6枚、7枚、8枚、9枚、10枚、……

3. 數量詞的用法

在初級日語中，通常「數量詞」的後面不會接續「を」「が」之類的「助詞」。

〔例句〕：ボールペンを　3本　ください。〈請給我3支原子筆。〉

90円の　切手を　1枚　ください。〈請給我1張90日元的郵票。〉

第7課

1. へ（格助詞），唸成「e」

在「格助詞・へ（e）」之前接表示場所的名詞，表示「移動的方向」。

（例句）：あした　銀行へ　行きます。〈明天要去銀行。〉
　　　　　来月　日本へ　帰ります。〈下個月要回日本。〉

2. で（格助詞）

「格助詞・で」表示動作、作用的「手段、工具、方法」。在「格助詞・で」之前接表交通工具的名詞，表示利用某種交通工具的意思。

（例句）：バスで　うちへ　帰ります。〈搭公車回家。〉
　　　　　飛行機で　日本へ　行きます。〈坐飛機去日本。〉

3. と（格助詞）

在「格助詞・と」之前接表示人的名詞，表示「一起動作者」，有「和某人一起（同行）～」之意。

（例句）：友達と　台湾へ　来ました。〈和朋友一起來到台灣。〉
　　　　　山田さんと　高雄へ　行きます。〈和山田先生一起去高雄。〉

第8課

1. で（格助詞）

在「格助詞・で」之前接表示場所的名詞，表示動作、作用的場所。

〔例句〕：毎朝　うちで　ごはんを　食べます。〈每天早上在家吃飯。〉

　　　　　毎日　コンビニで　新聞を　買います。

　　　　〈每天在便利商店買報紙。〉

2. も（係助詞）

「係助詞・も」接在「なに」「だれ」「どれ」「どこ」等表示疑問的代名詞之後，表示「全部～」「全都～」的意思，後面接否定。

〔例句〕：部屋に　だれも　いません。〈房間裡都沒有人。〉

　　　　　けさ　何も　食べませんでした。〈今天早上什麼東西都沒吃。〉

3. ～ませんか

「～ませんか」在這裡並不是否定疑問句，而是表示希望對方能和自己一起做某動作時，所提出的邀請。一般在不知道對方是否會做或不做的情況下，想尋求對方同意時使用。如果接受邀請，就可以說「（ええ、）いいですね」「ええ、そう　しましょう」等表示贊同的句子；如果想要拒絕邀請，就說「すみません」「ちょっと……」等表示婉拒的句子。

〔例句〕：Ａ：あした　いっしょに　デパートへ　行きませんか。

　　　　　　　〈要不要明天一起去百貨公司？〉

　　　　　Ｂ：ええ、いいですね。／あしたは　ちょっと……。

　　　　　　　〈嗯，好啊！／明天有點（不方便）。〉

〔例句〕：Ａ：すこし　休みませんか。〈要不要稍微休息一下？〉

　　　　　Ｂ：ええ、そう　しましょう。／すみません……。

　　　　　　　〈好啊，就這麼辦吧！／真不好意思……。〉

4. ～ましょう

⑴以「～ましょう（か）」的形式，表示勸誘對方和自己一起做某事，通常都是在事先約定或某些既定場合的前提下提出勸誘。

〔例句〕：Ａ：12時ですね。食堂へ　行きましょう（か）。

〈12點了。我們去餐廳吧！〉

Ｂ：ええ、行きましょう。〈好，我們走吧！〉

⑵以「～ましょう（か）」的形式，表示想為對方做某事，而提出表示關懷的詢問。

〔例句〕：Ａ：お茶を　入れましょうか。〈要不要我幫你倒茶？〉

Ｂ：ええ、お願いします。／いいえ、結構です。

〈那，麻煩你了。／不，不用了。〉

⑶表示希望對方（學生或小孩）做某事，含有有點命令的感覺。

〔例句〕：Ａ：毎日　うちで　勉強しましょう。〈每天在家唸書吧！〉

Ｂ：はい、わかりました。〈是，知道了。〉

第9課

1. で（格助詞）

在「格助詞・で」之前接名詞，表示手段、工具、方法的意思。

〔例句〕：パソコンで　手紙を　書きました。〈打電腦寫信。〉
中国語で　電話を　かけました。〈用中文打電話。〉

2. に（格助詞）

「格助詞・に」表示施予動作的對象（人或事物）。另外，也表示動作或作用的來源。

〔例句〕：家族に　電話を　かけました。〈打電話給家人。〉
林さんに　お金を　借りました。〈跟林先生借了錢。〉

3. から（格助詞）

「格助詞・から」表示動作、作用的來源或出處，相當於中文「從～」的意思。

〔例句〕：これは　母からの　プレゼントです。

〈這是從媽媽那裡得到的禮物。〉
友達から　辞書を　借りました。〈跟朋友借了辭典。〉

4. あげます

「あげます」表示主語的給予者將屬於自己的東西給予他人，是一種給予的動作表現。

〔例句〕：わたしは　陳さんに　プレゼントを　あげました。

〈我送禮物給陳先生。〉
あなたは　山田さんに　何を　あげますか。

〈你送什麼給山田先生？〉

5. もらいます

「もらいます」表示從他人那裡得到東西，主語是接受者，是一種收受的動作表現。

【例句】：わたしは　林さんに（から）　プレゼントを　もらいました。

〈我從林小姐那裡得到禮物。／林小姐送了禮物給我。〉

あなたは　李さんに　何を　もらいましたか。

〈你從李小姐那裡得到了什麼東西？／李小姐送什麼東西給你呢？〉

6. くれます

「くれます」和「もらいます」一樣，也是表示從他人那裡得到東西，兩者不同的地方在於，「もらいます」的主語是接受者，而「くれます」的主語是給予者，且接受者通常是「我」、我方的人，或是站在接受者的立場的表現。

【例句】：林さんは　わたしに　プレゼントを　くれました。

〈林小姐送了禮物給我。〉

李さんは　あなたに　何を　くれましたか。

〈李小姐給了你什麼東西呢？〉

7. 〜ました

這個「〜ました」並不光是表示陳述過去的事實，也表示某個動作在過去的某段時間完成了。

【例句】：（陳述過去的事實）

A：きのう　手紙を　書きましたか。〈你昨天寫信了嗎？〉

B：はい、書きました。／いいえ、書きませんでした。

〈是的，我寫了。／不，我沒寫。〉

【例句】：（動作的完成）

A：もう　手紙を　書きましたか。〈你已經寫過信了嗎？〉

B：はい、（もう）　書きました。／いいえ、まだです。

〈是的，我已經寫過了。／不，我還沒寫。〉

第10課

1. 形容詞

在使用「Aは　Bです」的句型時，和「わたしは　学生です」的名詞句相同，只是將B的部分改成「形容詞」。

（例句）：この　パソコンは　安いです。〈這台電腦是便宜的。〉

　　　　　あの　シャツは　高いです。〈那件襯衫很貴。〉

「広いです」是肯定句，而否定句的表現形式是「広くないです（広くありません）」。

（例句）：わたしの　部屋は　広くないです。〈我的房間不大。〉

　　　　　その　本は　よくないです。〈那本書不好。〉

2. 形容詞的名詞修飾

用「形容詞」來修飾名詞時，將形容詞直接放在名詞前面，像「新しい　パソコン」「古い　町」。

（例句）：新しい　パソコンを　買いました。〈買了新的電腦。〉

　　　　　台南は　古い　町です。〈台南是個古老的城市。〉

3. とても（副詞）

這是強調狀態或程度的「副詞」，相當於中文「很～」「非常～」的意思。

（例句）：日本の　食べ物は　とても　おいしいです。

　　　　　〈日本的食物非常好吃。〉

　　　　　日本の　靴は　とても　高いです。〈日本的鞋子非常貴。〉

4. あまり（副詞）

「あまり」表示動作及狀態的程度不大，後面須伴有否定的語詞，相當於中文「不怎麼～」「不太～」的意思。

（例句）：北海道は　今　あまり　暑くないです。

〈北海道現在沒那麼熱。〉

台湾の　靴は　あまり　高くないです。〈台灣的鞋子不太貴。〉

5.　が（接續助詞）

　　「接續助詞・が」通常用在連接兩個對立的句子，或前面的句子和後面的句子意思相反時。相當於中文「但是～」的意思。

〔例句〕：日本語は　難しいですが、おもしろいです。

　　　　　〈日文雖然很難，但是很有趣。〉
　　　　　学校の　食堂は　安いですが、まずいです。

　　　　　〈學校的餐廳雖然很便宜，可是很難吃。〉

6.　そして（接續詞）

　　「接続詞・そして」表示「並列、附加」之意，相當於中文「而且～」的意思。

〔例句〕：台湾の　食べ物は　おいしいです。そして　安いです。

　　　　　〈台灣的食物很好吃，而且很便宜。〉
　　　　　林さんの　うちは　新しいです。そして　大きいです。

　　　　　〈林先生的房子是新的，而且大的。〉

第1課　答案

練習II

1 ①は　　　　②は、か　　③は、の　　④も　　　　⑤か、は

2 ①あの　人は　学生では　ありません

　②吉田さんは　台湾電子の　社員です

　③陳さんは　桃園大学の　学生です

　④阿野さんは　日本語の　先生です

3 ①黄さん　　②先生　　　③台湾人　　④だれ　　　⑤阿部さん

4 ①劉さんは　日本語の　先生ですか。

　②あの　人は　日本人ですか。

　③本間さんは　台湾電子の　社員です。

　④はじめまして。黄です。どうぞ　よろしく。

　⑤陳さんも　李さんも　桃園大学の　学生です。

5　解答例

　初めまして。

　わたしは　（　　　陳　　）です。

　（　台湾電子　）の　（　　社員　　）です。

　どうぞ　よろしく。

文字・語彙問題

1.①4　　②2　　③1　　④4

2.①3　　②1　　③4　　④3

聴解解答

1.例　（あなたは　先生ですか。）

　　⇒　いいえ、わたしは　先生じゃ　ありません。

　　①　（李さんは　日本人ですか。）

　　⇒　いいえ、日本人じゃ　ありません。／はい、日本人です。

② （陳さんは　学生ですか。）

⇒　はい、学生です。／いいえ、学生じゃ　ありません。

③ （阿野さんは　先生ですか。）

⇒　はい、先生です。／いいえ、先生じゃ　ありません。

④ （林さんは　台湾電子の　社員ですか。）

⇒　いいえ、台湾電子の　社員じゃ　ありません。／はい、そうです。

⑤ （阿部さんは　日本語の　先生ですか。）

⇒　はい、日本語の　先生です。／いいえ、日本語の　先生じゃ　ありません。

2.　例：男の人：李さん、おはよう。

　　　　女の人：先生、おはよう　ございます。

★男の　人は　先生です。（○）

① 　女の人：はじめまして。わたしは　本間です。

　　　　　　　日本から　来ました。どうぞ　よろしく。

　　男の人：わたしは　陳です。どうぞ　よろしく。

★女の　人は　日本人です。（○）

② 　男の人：あの　人は　だれですか。

　　女の人：阿部さんです。

　　男の人：日本語の　先生ですか。

　　女の人：はい、日本語の　先生です。

★阿部さんは　中国語の　先生です。（×）

③ 　男の人：あの　人は　陳さんですか。

　　女の人：いいえ、林さんです。

　　男の人：林さんは　日本語の　先生ですか。

女の人：いいえ、学生です。

★林さんは　先生です。（×）

④　男の人：李さんは　先生ですか。

　　　女の人：いいえ、先生じゃ　ありません。

　　　男の人：学生ですか。

　　　女の人：はい、学生です。

★李さんは　学生です。（○）

⑤　男の人：陳さんは　日本人ですか。

　　　女の人：いいえ、日本人じゃ　ありません。

　　　男の人：台湾人ですか。

　　　女の人：はい、台湾人です。

★陳さんは　日本人じゃ　ありません。（○）

第2課 答案

練習Ⅱ

1 ①（それ）は　わたしの　辞書です

　　②（その）傘は　だれのですか

　　③（あれ）は　先生の　バイクです

　　④（それ）は　何の　CDですか

2 ①だれ、わたしの　　②何　　　③この　　④わたし　⑤それ

3 ①ボールペン　　　　②何　　　③だれ　　④何　　　⑤パソコン

4 ①これは　何ですか。

　　②あれは　先生の　バイクです。

　　③それは　シャープペンシルですか、ボールペンですか。

　　④これは　だれのですか。

　　⑤この　辞書は　わたしのです。

文字・語彙問題

1. ①3　　②4　　③3　　④3

2. ①2　　②1　　③4　　④2

聴解解答

1. 例（これは　砂糖ですか。）

　　→　はい、砂糖です。／はい、そうです。

　　①（これは　ボールペンですか。）

　　→　いいえ、ボールペンじゃ　ありません。／いいえ、ちがいます。

　　②（これは何ですか。）

　　→　CDです。

　　③（これは　砂糖ですか、塩ですか。）

　　→　砂糖です。

　　④（これは　何の　本ですか。）

→　日本語の　本です。

⑤（鈴木さんは　日本語の　先生ですか、中国語の　先生ですか。）

→　日本語の　先生です。

2．例：男の人：これは　テレビですか、パソコンですか。

　　　　女の人：パソコンです。

★　これは　　｛テレビ、パソコン｝　です。（パソコン）

①　男の人：山田さんは　日本語の　先生ですか。

　　女の人：はい、そうです。

　　男の人：劉さんも　日本語の　先生ですか。

　　女の人：いいえ、劉さんは　中国語の　先生です。

★劉さんは　　｛日本語、中国語｝の　先生です。（中国語）

②　男の人：林さん、この　ボールペンは　あなたのですか。

　　女の人：いいえ、わたしのじゃ　ありません。

　　男の人：だれのですか。

　　女の人：阿部さんのです。

★この　ボールペンは｛田中さん、阿部さん、林さん｝のです。（阿部さん）

③　女の人：陳さん、あの　バイクは　あなたのですか。

　　男の人：いいえ、李さんのです。

　　女の人：あの　車は　あなたのですか。

　　男の人：いいえ、あの　車は　先生のです。

★あの　バイクは　｛先生、陳さん、李さん｝のです。（李さん）

④ 　男の人：それは　バイクの　雑誌ですか。

　　　　女の人：いいえ、これは　パソコンの　雑誌です。

　　　　男の人：あれも　パソコンの　雑誌ですか。

　　　　女の人：いいえ、あれは　日本語の　雑誌です。

★これは　{バイク、パソコン、日本語}の　雑誌です。（パソコン）

⑤ 　男の人：この　辞書は　林さんのですか、李さんのですか。

　　　　女の人：李さんのです。

　　　　男の人：林さんのですか。

　　　　女の人：いいえ、李さんのです。

★この　辞書は　{林さん、李さん、劉さん}のです。（李さん）

第3課　答案

練習Ⅱ

1　①（トイレ）は　どちらですか

　　②（この）　　車は　いくらですか

　　③（これ）は　どこの　バイクですか

　　④（学校）の　食堂は　あちらです

　　⑤（王さん）の　車は　あそこです

2　①これ　　②そこ　　③あの　　④あそこ　⑤ちょっと、どこ、どうも

3　①どこ　　②どこ　　③どちら　④どちら　⑤どこ　　　⑥どちら

4　①ここは　受付です。

　　②そちらは　先生の　部屋です。

　　③郭さんは　どこですか。

　　④食堂は　あちらです。

　　⑤これは　日本の　バイクです。

文字・語彙問題

1．①3　　②4　　③4　　④4

2．①3　　②1　　③2　　④3

聴解解答例

1．例（受付は　どこですか。）

　　→　あそこです。／あちらです。

　　①（陳さんは　どこですか。）

　　→　食堂です。／教室です。

　　②（学校はどちらですか。）

　　→　台北大学です。／台湾大学です。／○○大学です。

　　③（お国は　どちらですか。）

　　→　日本です。／アメリカです。／台湾です。

④（それは　どこの　パソコンですか。）

→　日本の　パソコンです。／台湾の　パソコンです。

⑤（その　電子辞書は　いくらですか。）

→　20,000円です。／15,000円です。

2．例：男の人：ここは　受付ですか。

　　　　女の人：いいえ、ちがいます。受付は　あそこです。

　　　　男の人：どうも。

　★受付は　そこです。（×）

①　女の人：すみません。鈴木先生の　部屋は　どちらですか。

　　男の人：3階です。

　　女の人：どうも。

　★鈴木先生の　部屋は　4階です。（×）

②　女の人：すみません。受付は　どこですか。

　　男の人：受付は　そこです。

　　女の人：教室は？

　　男の人：教室は　あそこです。

　　女の人：どうも。

　★受付は　そこです。（○）

③　男の人：ちょっと　すみません。山田さんは　どちらですか。

　　女の人：山田さんは　食堂です。

　　男の人：鈴木さんも　食堂ですか。

　　女の人：いいえ、鈴木さんは　教室です。

　　男の人：どうも。

　★山田さんは　食堂です。（○）

④　男の人：これは　どこの　バイクですか。

　　女の人：日本のです。

　　男の人：いくらですか。

　　女の人：200,000円です。

★日本の　バイクは　300,000円です。（×）

⑤　男の人：すみません。その　パソコンは　日本のですか。

　　女の人：いいえ、台湾のです。

　　男の人：いくらですか。

　　女の人：50,000円です。

★台湾の　パソコンは　50,000円です。（○）

第4課　答案

練習II

1　①の、に、が　　②は、に、か、に　　③に、か、も
　　④に、と、が　　⑤に、や、が

2　①（駅）の　前に　デパートが　あります
　　②（銀行）は　デパートの　隣に　あります
　　③（庭）に　だれが　いますか
　　④（机）の　下に　猫が　います
　　⑤（佐藤さん）は　デパートの　前に　います

3　①どこに　いますか　　②どこに　ありますか　　③だれが　いますか
　　④だれか　いますか　　⑤何か　ありますか

4　①あそこに　バイクが　あります。
　　②本屋は　駅の　近くに　あります。
　　③郭さんは　会社に　います。
　　④スーパーに　野菜や　魚などが　あります。
　　⑤公園に　だれか　いますか。

文字・語彙問題

1.　①4　　②3　　③3　　④1
2.　①3　　②4　　③3　　④3

聴解解答例

1.　例（陳さんは　どこに　いますか。）
　　→　教室に　います。
　　①（あなたの　部屋に　パソコンが　ありますか。）
　　→　はい、あります。／いいえ、ありません。
　　②（あなたの　うちに　犬が　いますか。）
　　→　はい、います。／いいえ、いません。

③（机の　中に　何か　ありますか。）

→　はい、本が　あります。／いいえ、何も　ありません。

④（うちの　近くに　何が　ありますか。）

→　スーパーが　あります。／公園が　あります。／大学が　あります。

⑤（日本語の　辞書は　どこに　ありますか。）

→　本屋に　あります。／机の　上に　あります。

2. ①　女の人：すみません。佐藤さんは　どこに　いますか。

　　　　男の人：食堂に　います。

　　　　女の人：食堂は　どこですか。

　　　　男の人：この　下に　あります。

　　　　女の人：そうですか。どうも　ありがとう　ございます。

　　★佐藤さんは　会社に　います。（×）

②　男の人：すみません。トイレは　どこですか。

　　　女の人：あそこに　教室が　ありますね。

　　　男の人：はい。

　　　女の人：トイレは　あの　左に　あります。

　　　男の人：どうも。

　　★トイレは　教室の　左に　あります。　　（○）

③　男の人：すみません、野菜は　ありますか。

　　　女の人：そこに　ありますよ。

　　　男の人：どこですか。

　　　女の人：その　肉の　隣に　あります。

　　★野菜は　肉の　隣に　あります。（○）

④　女の人：あのう、この　近くに　本屋が　ありますか。

男の人：ええ、ありますよ。あそこに　銀行が　ありますね。

女の人：はい。

男の人：本屋は　あの　前です。

★本屋は　銀行の　前に　あります。（○）

⑤　男の人：こんにちは。

女の人：ああ、佐藤さん。こんにちは。

男の人：郭さんは　うちに　いますか。

女の人：いいえ、公園に　います。

男の人：そうですか。

★郭さんは　うちに　います。（×）

第5課　答案

練習II

1　①に　　②に（から）　　③に　　④から、まで　　⑤から、まで

2　①（会社）は　9時に　始まります

　　②（わたし）は　毎朝　7時に　起きます

　　③（銀行）は　9時から　3時半までです

　　④（会社）は　月曜日から　金曜日までです

　　⑤（きのう）　何時まで　勉強しましたか

3　①何時　　②何曜日　　③何時　　④何時、何時　　⑤何時

4　①すみません、今　何時ですか。

　　②わたしは　毎晩　12時に　寝ます。

　　③映画は　何時に　始まりますか。

　　④わたしは　きのう　8時から　5時まで　勉強しました。

　　⑤きょうは　水曜日です。

文字・語彙問題

1.　①4　　②2　　③1　　④4

2.　①2　　②1　　③4　　④3

聴解解答例

1.　例（今何時ですか。）

　　→　7時です。／9時です。

　　①（学校は　何時からですか。）

　　→　8時からです。

　　②（銀行は　何時から　何時までですか。）

　　→　9時から　3時半までです。

　　③（毎朝　何時に　起きますか。）

　　→　6時に　起きます。／6時半に　起きます。／7時に起きます。

④（きのう　勉強しましたか。）

→　はい、11時まで勉強しました。／いいえ、勉強しませんでした。

⑤（きょうは　何曜日ですか。）

→　月曜日です。／火曜日です。／水曜日です。

2．①　男の人：すみません。今　何時ですか。

　　　　　女の人：3時半です。

　　　　　男の人：映画は　何時からですか。

　　　　　女の人：4時からです。

　　　　　男の人：そうですか。どうも　ありがとう　ございます。

　　　★映画は　3時半からです。（×）

②　男の人：会社は　何時からですか。

　　　　　女の人：9時からです。

　　　　　男の人：昼休みは　12時から　1時までですか。

　　　　　女の人：そうです。午後は　1時から　5時まで　働きます。

　　　　　男の人：そうですか。

　　　★女の　人の　会社は　1時から　5時までです。（×）

③　女の人：黄さん、きのう　何時まで　勉強しましたか。

　　　　　男の人：12時まで　勉強しました。

　　　　　女の人：きょうも　12時まで　勉強しますか。

　　　　　男の人：いいえ、きょうは　勉強しません。

　　　★黄さんは　きょう　12時まで　勉強します。（×）

④　男の人：郭さん、大学は　何時からですか。

　　　　　女の人：8時からです。

　　　　　男の人：何時に　終わりますか。

女の人：4時に　終わります。

★郭さんは　8時から　5時まで　勉強します。（×）

⑤　男の人：きのう　何時に　寝ましたか。

　　　女の人：12時に　寝ました。

　　　男の人：けさ　何時に　起きましたか。

　　　女の人：6時に　起きました。

★女の　人は　きのう　12時から　6時まで　寝ました。（○）

第6課　答案

練習Ⅱ

1　①に、が、×　　②に、が、と、が　　③が、×

　　④の、を、×　　⑤を、と、を

2　①（わたし）の　会社に　パソコンが　10台　あります

　　②（家族）は　全部で　5人ですか

　　③（この）　切手を　2枚　ください

　　④（周さん）は　兄弟が　4人　います

　　⑤（両親）と　姉が　2人　います

3　①何人　②何冊　③何台　④おいくつ（何歳）　⑤何時間

4　①父は　50歳です。

　　②テーブルの　上に　りんごが　2つ　あります。

　　③教室に　学生が　何人　いますか。

　　④ボールペンを　3本　ください。

　　⑤毎日　何時間　勉強しますか。

文字・語彙問題

1.　①3　　②3　　③2　　④4

2.　①2　　②2　　③3　　④3

聴解解答例

1.　例：（机の　上に　ノートが　何冊　ありますか。）

　　　→　1冊　あります。／2冊　あります。

　　①（あなたの　うちに　部屋が　いくつ　ありますか。）

　　　→　2つ　あります。／3つ　あります。／4つ　あります。

　　②（家族は　何人ですか。）

　　　→　3人です。／4人です。／5人です。

　　③（あなたの　会社に　パソコンが　何台　ありますか。）

→　10台　あります。／15台　あります。／20台　あります。

④（毎日　何時間　寝ますか。）

→　6時間　寝ます。／7時間　寝ます。／8時間　寝ます。

⑤（お母さんは　何歳ですか。）

→　40歳です。／45歳です。／50歳です。

2.　① 　男の人：周さんの　家族は　何人ですか。

　　　　　女の人：4人です。

　　　　　男の人：お兄さんがいますか。

　　　　　女の人：いいえ、姉が　1人　います。

　　★女の　人は　お兄さんが　1人　います。（×）

　　② 　女の人：すみません、この　りんごは　1つ　いくらですか。

　　　　　男の人：1つ　150円です。

　　　　　女の人：じゃ、3つ　ください。

　　　　　男の人：ありがとう　ございます。全部で　450円です。

　　★この　りんごは　1つ　450円です。（×）

　　③ 　男の人：すみません、80円の　切手を　5枚　ください。

　　　　　女の人：はい、5枚ですね。

　　　　　男の人：あ、それから　はがきを　4枚　ください。

　　　　　　　　　はがきは　1枚　いくらですか。

　　　　　女の人：1枚　50円です。

　　　　　男の人：全部で　いくらですか。

　　　　　女の人：600円です。

　　★切手は1枚　80円です。（○）

　　④ 　男の人：周さんの　うちに　部屋が　いくつ　ありますか。

女の人：３つ　あります。

男の人：周さんの　部屋に　パソコンが　ありますか。

女の人：ええ、あります。

男の人：何台　ありますか。

女の人：１台　あります。

★周さんの　部屋に　パソコンが　１台　あります。（○）

⑤　男の人：きのう　何時に　寝ましたか。

女の人：１１時に　寝ました。

男の人：けさ　何時に　起きましたか。

女の人：７時に　起きました。

★女の　人は　きのう　７時間　寝ました。（×）

第7課　答案

練習II

1　①で、へ　　②と、へ　　③で、へ　　④×、へ　　⑤から、まで、で

2　①（山本さん）は　去年　日本から　来ました

　　②（きのう）だれと　帰りましたか

　　③（台北）から　高雄まで　バスで　5時間　かかります

　　④（先週）の　土曜日　どこかへ　行きましたか

　　⑤（わたし）は　3月12日に　日本へ　帰りました

3　①いつ　　②だれ　　③いつ　　④どのくらい　　⑤どこ、どこ

4　①わたしは　きのう　バスで　うちへ　帰りました。

　　②わたしは　友達と　ここへ　来ました。

　　③いつ　台湾へ　来ましたか。

　　④（あなたの）　誕生日は　何月何日ですか。

　　⑤わたしは　日曜日　どこへも　行きませんでした。

　　⑥台北から　高雄まで　飛行機で　1時間　かかります。

文字・語彙問題

1.　①2　　②4　　③1　　④4

2.　①3　　②4　　③2　　④3

聴解解答例

1．例：（先生は　いつ　日本へ　帰りますか。）

　　→　7月に　帰ります。／8月に　帰ります。

　　①（山本先生は　いつ　台湾へ　来ましたか。）

　　→　7月に　来ました。／8月に　来ました。

　　②（きのう　どこかへ　行きましたか。）

　　→　はい、デパートへ行きました。

　　　　いいえ、どこ［へ］も　行きませんでした。

③（だれと　学校へ　来ましたか。）

→　友達と　来ました。／一人で　来ました。

④（誕生日は　何月何日ですか。）

→　3月3日です。／7月7日です。／9月11日です。

⑤（あなたの　うちから　学校まで　どのくらい　かかりますか。）

→　バスで　30分　かかります。／電車で　20分　かかります。

2. ①　男の人：江さんは　日曜日　どこかへ　行きましたか。

　　　女の人：はい、台中へ　行きました。山本さんは？

　　　男の人：わたしは　どこへも　行きませんでした。

　★女の　人は　日曜日　台中へ　行きました。（○）

②　男の人：太田さん、お国は　どちらですか。

　　　女の人：日本です。

　　　男の人：いつ　台湾へ　来ましたか。

　　　女の人：去年の　9月に　来ました。

　★女の　人は　去年の　8月に　日本から　来ました。（×）

③　男の人：宋さんの　うちは　どこですか。

　　　女の人：台北です。

　　　男の人：宋さんの　うちから　学校まで　どのくらい　かかりますか。

　　　女の人：バスで　20分　かかります。

　★宋さんの　うちから　学校まで　バスで　20分　かかります。（○）

④　男の人：江さんは　きのう　どこかへ　行きましたか。

　　　女の人：はい、デパートへ　行きました。

　　　男の人：だれと　行きましたか。

　　　女の人：母と　行きました。

男の人：そうですか。

★江さんは　きのう　お母さんと　デパートへ　行きました。（○）

⑤　女の人：来月　田舎へ　帰ります。

男の人：そうですか。飛行機で　帰りますか。

女の人：いいえ、バスで　帰ります。

男の人：だれと　帰りますか。

女の人：一人で　帰ります。

★女の　人は　来月　飛行機で　田舎へ　帰ります。（×）

第8課　答案

練習II

1　①で、に　　②と、を　　③で、を　　④と、を　　⑤に、で、を

2　①（けさ）　魚と　野菜を　食べました

　　②（毎晩）　日本語の　本を　読みます

　　③（日曜日）　スーパーで　牛乳を　買いました

　　④（土曜日）　謝さんと　映画を　見ました

　　⑤（あした）　7時に　デパートの　前で　会いましょう

3　①どこ　　②なに　　③だれ　　④なに、なに　　⑤だれ

4　①わたしは　毎日　うちで　新聞を　読みます。

　　②わたしは　けさ　パンと　たまごを　食べました。

　　③わたしは　きのう　スーパーで　牛乳と　砂糖を　買いました。

　　④わたしは　きのう　デパートの　前で　林さんに　会いました。

　　⑤（あなたは）　けさ　何か　食べましたか。

　　⑥日曜日　いっしょに　陽明山へ　行きませんか。

文字・語彙問題

1．①3　　②2　　③2　　④3

2．①4　　②2　　③3　　④2

聴解解答例

1．例：（けさ　ごはんを　食べましたか。）

　　→　はい、食べました。／いいえ、食べませんでした。

　　①（あなたは　毎日　新聞を　読みますか。）

　　→　はい、読みます。／いいえ、読みません。

　　②（きのう　だれに　会いましたか。）

　　→　友達に　会いました。／謝さんに　会いました。

　　③（だれと　映画を　見ましたか。）

　→　友達と　見ました。／一人で　見ました。

④（けさ　何か　飲みましたか。）

　→　はい、牛乳を　飲みました。／いいえ、何も　飲みませんでした。

⑤（スーパーで　何を　買いますか。）

　→　肉を　買います。／たまごを　買います。

2. ①　男の人：謝さんは　けさ　ごはんを　食べましたか。

　　　　女の人：はい、食べました。

　　　　男の人：何を　食べましたか。

　　　　女の人：肉と　野菜を　食べました。

　　★女の　人は　けさ　ごはんを　食べました。（○）

②　男の人：きのう　どこかへ　行きましたか。

　　　女の人：はい、スーパーへ　行きました。

　　　男の人：何か　買いましたか。

　　　女の人：はい、肉と　牛乳と　砂糖を　買いました。

　★女の　人は　きのう　スーパーで　肉と　たまごを　買いました。（×）

③　男の人：陳さん、日曜日　何を　しましたか。

　　　女の人：陽明山で　花見を　しました。

　　　男の人：だれと　花見を　しましたか。

　　　女の人：友達と　しました。

　★陳さんは　陽明山で　友達と　花見を　しました。（○）

④　男の人：きのう　本屋へ　行きました。

　　　女の人：本を　買いましたか。

　　　男の人：はい、雑誌と　日本語の　本を　買いました。

　　　女の人：辞書も　買いましたか。

男の人：いいえ、買いませんでした。

★男の　人は　きのう　雑誌と　日本語の　本を　買いました。（○）

⑤　男の人：陳さん、日曜日　陽明山へ　行きませんか。

　　女の人：ええ、いいですね。行きましょう。

　　男の人：じゃ、10時に　台北駅で　会いましょう。

　　女の人：はい、わかりました。

★女の　人は　日曜日　陽明山で　男の　人に　会います。（×）

第9課　答案

練習II　答案

1　①で、を　　②で、を　　③に、を　　④に、を　　⑤に、を

2　①（インド人）は　手で　ごはんを　食べます

　　②（中国語）で　レポートを　書きます

　　③（わたし）は　黄先生に　中国語を　習いました

　　④（母の日）に　母に　お金を　あげました

　　⑤（わたし）は　陳さんから　花を　もらいました

3　①なん　　②いくら　　③だれ　　④なに、なに　⑤だれ

4　①わたしは　きのう　日本語で　電話を　かけました。

　　②わたしは　きのう　ボールペンで　手紙を　書きました。

　　③わたしは　きのう　謝さんに　辞書を　借りました。

　　④わたしは　張さんに　花を　あげます。

　　⑤わたしは　林さんに（から）　本を　もらいました。

　　⑥江さんは　わたしに　プレゼントを　くれました。

　　⑦（あなたは）もう　昼ごはんを　食べましたか。

文字・語彙問題

1.　①2　　②3　　③4　　④2

2.　①1　　②2　　③4　　④4

聴解解答例

1.　例（スーパーで　何を　買いましたか。）

　　→　肉を　買いました。／たまごを　買いました。

　　①（何で　手紙を　書きますか。）

　　→　パソコンで　書きます。／ボールペンで　書きます。

　　②（きのう　だれに　電話を　かけましたか。）

　　→　友達に　かけました。／家族に　かけました。

③（母の 日に おかあさんに 何か あげましたか。）

→ はい、お金を あげました。／いいえ、何も あげませんでした。

④（誕生日に 何か もらいましたか。）

→ はい、花を もらいました。／

　　いいえ、何も もらいませんでした。

⑤（もう 昼ごはんを 食べましたか。）

→ はい、食べました。／いいえ、まだです。

2.　①　女の人：張さん、その バイク いいですね。

　　　男の人：はい、誕生日に 父が くれました。

　　　女の人：そうですか。

　　★男の 人は 誕生日に バイクを もらいました。（○）

　　②　男の人：林さん、その 本は あなたのですか。

　　　女の人：いいえ、友達に 借りました。

　　　男の人：もう 読みましたか。

　　　女の人：いいえ、まだです。今晩 読みます。

　　★女の 人は もう 友達の 本を 読みました。（×）

　　③　男の人：母の 日は いつですか。

　　　女の人：来週の 日曜日です。

　　　男の人：お母さんに 何か あげますか。

　　　女の人：はい、お金を あげます。張さんは？

　　　男の人：わたしは 何も あげません。

　　★張さんは 母の 日に お母さんに お金を あげます。（×）

　　④　男の人：謝さん、もう 昼ごはんを 食べましたか。

　　　女の人：いいえ、まだです。

男の人：じゃ、いっしょに　食べませんか。

女の人：はい、食べましょう。

★女の　人は　男の　人と　昼ごはんを　食べます。（○）

⑤　男の人：陳さん、もう　レポートを　書きましたか。

女の人：はい、もう　書きました。張さんは？

男の人：まだです。あした　書きます。

女の人：そうですか。

★男の　人は　もう　レポートを　書きました。（×）

第10課　答案

練習Ⅱ

1　①で、を　　②で、へ　　③で、を　　④の、が　　⑤に、の、を

2　①（高さん）の　うちは　学校から　近いです

　　②（先生は）新しい　車で　学校へ　行きます

　　③（寮から）学校まで　歩いて　15分ぐらい　かかります

　　④（わたしは）謝さんに　おもしろい　本を　借りました

　　⑤（わたしは）王さんに　赤い　花を　あげました

3　①どう　　　②どれ　　　③だれ　　　④なに　　　⑤どう

4　①日本は　今　暑いですか。　いいえ、あまり　暑くないです。

　　②わたしは　きのう　新しい　辞書を　買いました。

　　③わたしは　きのう　古い　映画を　見ました。

　　④仕事は　忙しいですが、おもしろいです。

　　⑤台湾の　車は　高いですか。　はい、とても　高いです。

文字・語彙問題

1．①3　　②2　　③3　　④4

2．①4　　②3　　③4　　④4

聴解解答例

1．例（あなたの　うちは　大きいですか。）

　　→　はい、大きいです。／いいえ、大きくないです。

　　①（日本語は　どうですか。）

　　→　おもしろいです。／難しいです。

　　②（あなたの　部屋は　広いですか。）

　　→　はい、広いです。／いいえ、広くないです。

　　③（日本の　食べ物は　どうですか。）

　　→　とても　おいしいです。／あまり　おいしくないです。

④（台湾は　今　暑いですか。）

→　はい、とても　暑いです。／いいえ、あまり　暑くないです。

⑤（日本の　映画は　どうですか。）

→　おもしろいです。／おもしろくないです。

2. ①　男の人：すみません。あの　シャツは　いくらですか。

　　　　女の人：どれですか。

　　　　男の人：あの　赤い　シャツです。

　　　　女の人：あれは　3,000円です。

　　★赤い　シャツは　2,000円です。（×）

②　女の人：毎日　暑いですね。

　　　　男の人：そうですね。

　　　　女の人：冷たい　お茶を　飲みませんか。

　　　　男の人：いいですね。飲みましょう。

　　★男の　人は　これから　冷たい　お茶を　飲みます。（○）

③　男の人：木村さん、仕事は　どうですか。

　　　　女の人：忙しいですが、おもしろいです。

　　　　男の人：台湾の　食べ物は　どうですか。

　　　　女の人：とても　おいしいです。そして　安いです。

　　★台湾の　食べ物は　おいしいですが、高いです。（×）

④　男の人：高雄は　今　暑いですか。

　　　　女の人：はい、とても　暑いです。

　　　　男の人：台北も　暑いですか。

　　　　女の人：いいえ、あまり　暑くないです。

　　★高雄は　今　とても　暑いです。（○）

⑤　男の人：謝さん、学校の　食堂は　安いですか。

　　　女の人：はい、とても　安いです。

　　　男の人：食堂で　昼ごはんを　食べませんか。

　　　女の人：でも、学校の　食堂は　あまり　おいしくないですよ。

★学校の　食堂は　安いですが、おいしくないです。（○）

附　錄

1. 數字

0	ゼロ・れい	zero・零（れい）			
1	いち	一（いち）	100	ひゃく	百（ひゃく）
2	に	二（に）	200	にひゃく	二百（にひゃく）
3	さん	三（さん）	300	さんびゃく	三百（さんびゃく）
4	よん・し・よ	四・四・四（よん・し・よ）	400	よんひゃく	四百（よんひゃく）
5	ご	五（ご）	500	ごひゃく	五百（ごひゃく）
6	ろく	六（ろく）	600	ろっぴゃく	六百（ろっぴゃく）
7	なな・しち	七・七（なな・しち）	700	ななひゃく	七百（ななひゃく）
8	はち	八（はち）	800	はっぴゃく	八百（はっぴゃく）
9	きゅう・く	九・九（きゅう・く）	900	きゅうひゃく	九百（きゅうひゃく）
10	じゅう	十（じゅう）			
11	じゅういち	十一（じゅういち）	1,000	せん	千（せん）
12	じゅうに	十二（じゅうに）	2,000	にせん	二千（にせん）
13	じゅうさん	十三（じゅうさん）	3,000	さんぜん	三千（さんぜん）
14	じゅうよん・じゅうし	十四・十四（じゅうよん・じゅうし）	4,000	よんせん	四千（よんせん）
15	じゅうご	十五（じゅうご）	5,000	ごせん	五千（ごせん）
16	じゅうろく	十六（じゅうろく）	6,000	ろくせん	六千（ろくせん）
17	じゅうなな・じゅうしち	十七・十七（じゅうなな・じゅうしち）	7,000	ななせん	七千（ななせん）
18	じゅうはち	十八（じゅうはち）	8,000	はっせん	八千（はっせん）
19	じゅうきゅう・じゅうく	十九・十九（じゅうきゅう・じゅうく）	9,000	きゅうせん	九千（きゅうせん）
20	にじゅう	二十（にじゅう）	10,000	いちまん	一万（いちまん）
30	さんじゅう	三十（さんじゅう）	100,000	じゅうまん	十万（じゅうまん）
40	よんじゅう	四十（よんじゅう）	1,000,000	ひゃくまん	百万（ひゃくまん）
50	ごじゅう	五十（ごじゅう）	10,000,000	いっせんまん	一千万（いっせんまん）
60	ろくじゅう	六十（ろくじゅう）	100,000,000	いちおく	一億（いちおく）
70	ななじゅう・しちじゅう	七十・七十（ななじゅう・しちじゅう）	17.76	じゅうななてんななろく	
80	はちじゅう	八十（はちじゅう）	¼	よんぶんのいち	
90	きゅうじゅう	九十（きゅうじゅう）			

2. 時間的表示

星期

星期日（天）	にちようび	日曜日
星期一	げつようび	月曜日
星期二	かようび	火曜日
星期三	すいようび	水曜日
星期四	もくようび	木曜日
星期五	きんようび	金曜日
星期六	どようび	土曜日
星期幾	なんようび	何曜日

時刻

	點（鐘）				分（鐘）	
1	いちじ	1時		1	いっぷん	1分
2	にじ	2時		2	にふん	2分
3	さんじ	3時		3	さんぷん	3分
4	よじ	4時		4	よんぷん	4分
5	ごじ	5時		5	ごふん	5分
6	ろくじ	6時		6	ろっぷん	6分
7	しちじ	7時		7	ななふん・しちふん	7分
8	はちじ	8時		8	はっぷん	8分
9	くじ	9時		9	きゅうふん	9分
10	じゅうじ	10時		10	じゅっぷん・じっぷん	10分
11	じゅういちじ	11時		15	じゅうごふん	15分
12	じゅうにじ	12時		30	さんじゅっぷん・さんじっぷん はん	30分 半
?	なんじ	何時		?	なんぷん	何分

日期

	月	
1	いちがつ	1月
2	にがつ	2月
3	さんがつ	3月
4	しがつ	4月
5	ごがつ	5月
6	ろくがつ	6月
7	しちがつ	7月
8	はちがつ	8月
9	くがつ	9月
10	じゅうがつ	10月
11	じゅういちがつ	11月
12	じゅうにがつ	12月
?	なんがつ	何月

	日	
1	ついたち	1日
2	ふつか	2日
3	みっか	3日
4	よっか	4日
5	いつか	5日
6	むいか	6日
7	なのか	7日
8	ようか	8日
9	ここのか	9日

	日	
10	とおか	10日
11	じゅういちにち	11日
12	じゅうににち	12日
13	じゅうさんにち	13日
14	じゅうよっか	14日
15	じゅうごにち	15日
16	じゅうろくにち	16日
17	じゅうしちにち	17日
18	じゅうはちにち	18日
19	じゅうくにち	19日
20	はつか	20日
21	にじゅういちにち	21日
22	にじゅうににち	22日
23	にじゅうさんにち	23日
24	にじゅうよっか	24日
25	にじゅうごにち	25日
26	にじゅうろくにち	26日
27	にじゅうしちにち	27日
28	にじゅうはちにち	28日
29	にじゅうくにち	29日
30	さんじゅうにち	30日
31	さんじゅういちにち	31日
?	なんにち	何日

3. 期間的表示

時間

	小時（鐘頭）	
1	いちじかん	1時間
2	にじかん	2時間
3	さんじかん	3時間
4	よじかん	4時間
5	ごじかん	5時間
6	ろくじかん	6時間
7	しちじかん・ななじかん	7時間
8	はちじかん	8時間
9	くじかん	9時間
10	じゅうじかん	10時間
?	なんじかん	何時間

	分鐘	
1	いっぷん	1分
2	にふん	2分
3	さんぷん	3分
4	よんぷん	4分
5	ごふん	5分
6	ろっぷん	6分
7	ななふん・しちふん	7分
8	はっぷん	8分
9	きゅうふん	9分
10	じゅっぷん・じっぷん	10分
?	なんぷん	何分

時間

	年	
1	いちねん	1年
2	にねん	2年
3	さんねん	3年
4	よねん	4年
5	ごねん	5年
6	ろくねん	6年
7	ななねん・しちねん	7年
8	はちねん	8年
9	きゅうねん・くねん	9年
10	じゅうねん	10年
?	なんねん	何年

	月	
1	いっかげつ	1か月
2	にかげつ	2か月
3	さんかげつ	3か月
4	よんかげつ	4か月
5	ごかげつ	5か月
6	ろっかげつ・はんとし	6か月・半年
7	ななかげつ・しちかげつ	7か月
8	はちかげつ・はっかげつ	8か月
9	きゅうかげつ	9か月
10	じゅっかげつ・じっかげつ	10か月
?	なんかげつ	何か月

星期・週		
1	いっしゅうかん	1週間
2	にしゅうかん	2週間
3	さんしゅうかん	3週間
4	よんしゅうかん	4週間
5	ごしゅうかん	5週間
6	ろくしゅうかん	6週間
7	ななしゅうかん・しちしゅうかん	7週間
8	はっしゅうかん	8週間
9	きゅうしゅうかん	9週間
10	じゅっしゅうかん	10週間
？	なんしゅうかん	何週間

天		
1	いちにち	1日
2	ふつか	2日
3	みっか	3日
4	よっか	4日
5	いつか	5日
6	むいか	6日
7	なのか	7日
8	ようか	8日
9	ここのか	9日
10	とおか	10日
？	なんにち	何日

4. 量詞

	東西		人		薄或扁平的東西（紙，郵票）	
1	ひとつ	1つ	ひとり	1人	いちまい	1枚
2	ふたつ	2つ	ふたり	2人	にまい	2枚
3	みっつ	3つ	さんにん	3人	さんまい	3枚
4	よっつ	4つ	よにん	4人	よんまい	4枚
5	いつつ	5つ	ごにん	5人	ごまい	5枚
6	むっつ	6つ	ろくにん	6人	ろくまい	6枚
7	ななつ	7つ	ななにん・しちにん	7人	ななまい・しちまい	7枚
8	やっつ	8つ	はちにん	8人	はちまい	8枚
9	ここのつ	9つ	きゅうにん・くにん	9人	きゅうまい	9枚
10	とお	10	じゅうにん	10人	じゅうまい	10枚
？	いくつ		なんにん	何人	なんまい	何枚

	機器，車輛		順序		年齡	
1	いちだい	1台	いちばん	1番	いっさい	1歲
2	にだい	2台	にばん	2番	にさい	2歲
3	さんだい	3台	さんばん	3番	さんさい	3歲
4	よんだい	4台	よんばん	4番	よんさい	4歲
5	ごだい	5台	ごばん	5番	ごさい	5歲
6	ろくだい	6台	ろくばん	6番	ろくさい	6歲
7	ななだい	7台	ななばん・しちばん	7番	ななさい	7歲
8	はちだい	8台	はちばん	8番	はっさい	8歲
9	きゅうだい	9台	きゅうばん	9番	きゅうさい	9歲
10	じゅうだい	10台	じゅうばん	10番	じゅっさい・じっさい	10歲
？	なんだい	何台	なんばん	何番	なんさい	何歲

	書，筆記本		小的東西（雞蛋，橘子）		細長的東西（鉛筆，皮帶）	
1	いっさつ	1冊	いっこ	1個	いっぽん	1本
2	にさつ	2冊	にこ	2個	にほん	2本
3	さんさつ	3冊	さんこ	3個	さんぼん	3本
4	よんさつ	4冊	よんこ	4個	よんほん	4本
5	ごさつ	5冊	ごこ	5個	ごほん	5本
6	ろくさつ	6冊	ろっこ	6個	ろっぽん	6本
7	ななさつ	7冊	ななこ	7個	ななほん	7本
8	はっさつ	8冊	はっこ・はちこ	8個	はっぽん・はちほん	8本
9	きゅうさつ	9冊	きゅうこ	9個	きゅうほん	9本
10	じゅっさつ・じっさつ	10冊	じゅっこ・じっこ	10個	じゅっぽん・じっぽん	10本
？	なんさつ	何冊	なんこ	何個	なんぼん	何本

	鞋子，襪子		小動物（貓，魚）		用杯子等盛的飲料	
1	いっそく	1足	いっぴき	1匹	いっぱい	1杯
2	にそく	2足	にひき	2匹	にはい	2杯
3	さんぞく	3足	さんびき	3匹	さんばい	3杯
4	よんそく	4足	よんひき	4匹	よんはい	4杯
5	ごそく	5足	ごひき	5匹	ごはい	5杯
6	ろくそく	6足	ろっぴき	6匹	ろっぱい	6杯
7	ななそく	7足	ななひき	7匹	ななはい	7杯
8	はっそく	8足	はっぴき・はちひき	8匹	はっぱい・はちはい	8杯
9	きゅうそく	9足	きゅうひき	9匹	きゅうはい	9杯
10	じゅっそく・じっそく	10足	じゅっぴき・じっぴき	10匹	じゅっぱい・じっぱい	10杯
？	なんぞく	何足	なんびき	何匹	なんばい	何杯

作者簡介

劉 月 菊

日本國Sone Language Laboratory畢

日本國愛知學泉短期大學家政系畢

東吳大學日本語文學系研究所碩士

現任：經國管理學院餐旅系暨通識中心、清雲科技大學應外系、國立台北大學教
育推廣部、南亞技術學院觀休管系日語講師。台灣鑽石工業華語講師。專
攻日華翻譯學、日華文化研究比較、日華語教育。

主要譯作：「禪中學取人生」「老朋友是金新朋友是銀」「總是在關鍵時刻凸槌
的人」「葡萄物語」「只要趕上末班機」「美顏魔法書」「氣勢對決」
「打動人心」「自然休閒風的鉤針編織小物」「隨時隨地可瘦身」等。

主要學術著作：「文化的・歴史的背景の影響から見る台日両国の言語《シリー
ズ1》断り表現における意味と役割」

感謝小濱義德先生・阿野一章先生的指導與校閱

小 濱 義 德

日本國中央大學數學系畢

曾任職於日本株式会社山種產業國際事業部17年。

歷任東方日語短期補習班專任講師，日都日語短期補習班專任講師。

阿 野 一 章

日本法政大學經濟學部商業學科畢

大分大学大学院経済学研究科

曾任國立台北大學教育推廣部97年度第11期日本文化教育日本茶道專題講
師、六和高中97年度、98年度日語朗讀比賽評審老師。

國家圖書館出版品預行編目資料

流暢日本GO. 初級 / 劉月菊編著. -- 初版. -- 臺
北市：鴻儒堂, 民101.07-
　　冊；　公分
ISBN 978-986-6230-15-8(第1冊：平裝附
光碟片)

1.日語 2.讀本

803.18　　　　　　　　　　101011028

流暢日本GO
日本語50音入門

　　本書的特色除了日語假名書寫部份附有正確筆
順的寫法指導及臨摹格子之外，還穿插可愛的插圖
及遊戲，讓日語學起來更生動活潑。另外，還置入
日語打字教學單元，希望初學者能邊學日語邊打
字，這樣更具有相輔相成的效果。本書是適合日語
初學者、小朋友及學校日語社團的最佳入門教材。

每冊售價：60元

流暢日本 GO 初級 I

附mp3 CD一片，定價：280元

2012年（民101） 7月初版一刷
2016年（民105） 9月初版三刷
本出版社經行政院新聞局核准登記
登記證字號：局版臺業字1292號

編　　　　者：劉　月　菊
封　面　設　計：曾　瀚　葦
內　文　插　圖：盧　啓　維
發　行　　所：鴻　儒　堂　出　版　社
發　行　　人：黃　成　業
地　　　　址：台北市中正區懷寧街8巷7號
電　　　　話：02-2311-3823
傳　　　　真：02-2361-2334
郵　政　劃　撥：0 1 5 5 3 0 0 1
E－mail：hjt903@ms25.hinet.net

鴻儒堂出版社設有網頁，歡迎多加利用

網址：http://www.hjtbook.com.tw